植民地・朝鮮における雑誌『国民文学』

渡邊澄子
Watanabe Sumiko

彩流社

もくじ◉植民地・朝鮮における雑誌『国民文学』

序にかえて

私が博論指導した院生には、韓国からの留学生が多かった。すでに韓国で学位をとっていて教授職についている人もいたが、日本文学を教えるには日本の大学から得た学位を持つことで位置づけが変わるらしく、課程博士ではなく高度な知識を求められる論文博士の取得希望者も何人か指導を担当した。その縁もあって、韓国の大学には集中講義、講演、講座などで二〇回以上も訪れている。

『冬のソナタ』のロケ地へも案内されたが、韓国日本学会という大きな学会に招かれての講演は後日談があって忘れ難い。儒教の国の韓国ではまだ女性の地位が低く、大学の教員は日本もだが日本以上に圧倒的に男性社会であったのが、女性の台頭が目覚ましくなってきて（現在では女性議員数で世界一九三ヵ国中日本は一五八位なのに対して韓国は一一七位で日本を追い抜いている）、フェミニズムとかジェンダーなどという言葉が出てくると男性教員はお手上げになるらしく、質問攻めにあった。

植民地とされて民族の矜恃を奪われた上に米ソによって半島は二分され、分断国家として夫婦、親子、兄弟姉妹、親戚縁者が敵対関係構図の中に囲い込まれる二重の不幸に喘がなくてはならなくなった、その根源は日本帝国主義による植民地支配にあると考える私は、日本人の一人として贖罪意識から抜け出せず、要請には喜んで応じた。遠方から来ていた教員も多く、順番待ちに四泊もした方たちもいて、私もその間、ホテル帰りは連日深夜の一二時過ぎだったが苦にならなかった。

一巡してほっと息をついた時、教え子たちが私への慰労と久しぶりに会えた嬉しさから済州島に招待してくれるという。済州島は新婚旅行のメッカとされている観光地である。この時より大分前に文字通りの観光旅行で一度行っていたが、済州島へと聞いて、私は彼らに観光ではなく、「四・三事件」（一九四八年）の跡をくまなく辿りたいので、当事のことを知っているご老人に案内を頼んでもらえないだろうか、と無理なお願いをしたのだった。驚いたことに、四〇代後半の大学の教授職にある人も、さらに若い人は当然ながら「四・三事件」を知らなかった。タブー視されて学校で教えなかったのだ。

私は金石範の『鴉の死』を読んでほとんどショックと言える感動で震えたが、さらに『看守朴書房』を読み、『万徳幽霊綺譚』を読んでさらに感動を深めていたので、まだ『火山島』は出ていなかったが、『鴉の死』の感動を現実感覚で染みこませたかった。事件を知らないという彼らに、私は自国のこんな大変な歴史を知らないなんて、と教師顔になって四・三事件を説明した。彼らは驚き、車で回れば六時間で一週できる島を二泊三日かけて、当事のことを知る島人に案内を頼むことも出来て説明を受けながら回った。虐殺、屍体投げ捨て場、蜂起の相談場所とおぼしき隠れ場等々、到る所に跡があって絶句の連続だったが、金石範の作品によってくわしく知識を得ていたので冷静さを保つことが出来たが、全然知らなかったことで仰天し、無知を恥じ、元教え子たちに深々と頭を下げて謝ったのは、この島が、戦時中、日本軍の爆撃の発進基地にされていたことだった。

海岸の断崖には人間魚雷の基地だったという穴が数多く掘られてもいた。飛行場跡は畑になっていたが、島民を強制連行して作らせた格納庫、弾薬庫などが雑草の茂るに任されていたが島内の到る所に残っていたのには言葉を失なった。安倍首相はじめ日本の為政者はこの現実を知っているだろうか。強制連行した人たちに謝罪と補償をしただろうか。これほど多くの跡から想像されるのは、日本兵による島の女性への凌辱事件である。皆無だったとは考えられない。苦悩に身悶えながら生涯を終えた女性を思うと、想像不可能だが胸がかきむしられる。風光明媚な著名な観光地で九州からは目と鼻の先の近さなので日本人の観光客は多い。彼らはこの事実を知っているだろうか。知ってはいないだろう。無謀な植民地政策によってどれほどの人間の運命を破壊したかの認識を、その実質に相応しく為政者はもちろん日本（人）は認識しているだろうか。してはいないだろう。

『国民文学』の存在を知ったのはその後だった。この雑誌を全巻蔵書していたのは、なぜか学習院女子大学の図書館だけだったので、学習院女子大図書館通いを続け、可能な限りのコピーをとった。読むにつれて、戦後（解放後）世代の留学生たちが頻繁に口にした「植民地時代」という言葉を私は極めて観念的にしか受け止めていなかったことを思い知り慚《ざん》愧《き》の念に駆られた。若い留学生の彼・彼女たちですら「植民地時代」をその実質相応に知悉、感知してはいないだろうことが窺われ、贖罪感に締め付けられた。

思い出されるのは釜山の東亜大学校の創立五〇周年の祝祭行事の一環として講演に招かれた時のことである。学科長から始まって理事長まで連日の接待を受けたのだった。日語日文学科の学科長他先生方が日本語で話すのは自然だが、階層が上がるにつれて高齢者が多くなり、接待の中身も高級化していき、理事長主催の席は私などかつて体験したことのない高級の料亭で料理・食器、奉仕の女性に面食らい、慣れない私は戸惑ったが、日本語での談話には違和感を覚えず、自然体で談笑していたのだった。でも、内心では儒教の国で、侵略者のしかも女を接待することがどれほど残酷で屈辱的なことだろうかと心が痛んだのだったが、日本語での談話には違和感を感じなかった。

ああっと気付き、贖罪感に身を揉まれたのは『国民文学』を読んだ大分後になってからだった。あの方たちがごく自然に自国語のように日本語で話したのは、植民地時代に日本語を「国語」として徹底教育された世代だったからで、朝鮮王朝の歴史を粉砕して植民地とされて、日本人として屈辱に耐えて生きねばならなかった侵略国日本の女を身についた日本語で接待する心中の思いはいかばかりだったろうかと、今頃になって思い知り、慚愧の思いでいたたまれくなった。

『国民文学』は、そういう雑誌である。

＊初出一覧
第一章…「戦時下『国民文学』の位相――「皇道精神の昂揚」を掲げた朝鮮文壇」『大東文化大学紀要』（二〇一四年三月）
第二章…「戦時下『国民文学』の位相（承前）――田中英光を中心に」『大東文化大学紀要』（二〇一五年三月）
第三章…「戦時下『国民文学』の位相――日本人作家の活動」『大東文化大学紀要』（二〇一六年三月）
第四章…「戦時下植民地に於ける日本語雑誌――田中英光の位置づけ」『大東文化大学紀要』（二〇一七年三月）
終章…「朝日新聞の場合」は「言わねばならぬこと」『現代文学史研究　第二十集』（二〇一四年）、「読売報知の場合」は書き下ろし

なお、引用文中、一部読み仮名を補ったところがあること、今日からみて不適切な表現があっても原文の資料的価値から原文通りに表記したこと、および全編、初出にかなりの加筆のあることをお断りしておく。

第一章

#「皇道精神の昂揚」を掲げた朝鮮文壇

はじめに

敗戦（終戦）から六八回目（二〇一三年）の政府主催の全国戦没者追悼式での安倍首相の式辞から、アジア諸国への加害責任への深い反省、哀悼の意、不戦の誓いは抜け落ちていた。

首相はかねて村山談話[*1]、河野談話[*2]の見直しに意欲を示し、四月の国会では「侵略という定義は学界的にも国際的にも定まっていない」と答弁している。しかも、現政権下で、戦争準備を伴う憲法改訂が画策されている。日本人（だけではない）の生命と安全における最大危機とも言える福島原発事故による底なしの核汚染が拡大状況にあるにもかかわらず、原子炉の現状の真相は不明のままで収拾能力もないかのようであり、廃棄物処理に至っては人智も及ばぬほど難解のようで、それを科学の力で可能にしたとしても、天文学的期間と費用がかかるらしい。

ところが、世界唯一の被爆国日本の首相が、自国民の苦悶をよそに原発売り込みのトップセールスに税金で歴訪して成果を得意げに語っていた。これには言葉を失ったが、IOC総会のプレゼンテーションで、福島原発の汚染水問題に就いて「全く問題ない」と明言、さらに事故処理についても「状況はコントロールされている」と事故の早期収束を根拠のないまま国民と国際社会に約束したことには度肝を抜かれた。自信満々、ゼスチャーたっぷりの姿に愕然としたのは、私だけではなかったと思う。事故の責任すら果たしていないのに。

このような反国民的首相、政権を選んだのは国民なのだ。とすれば、彼らを選んだ多数国民の歴史認識の如何も問われるだろう。そこで、戦時下、京城《けいじょう》（現在のソウル）で総督府によって許可された唯一の文芸雑誌『国民文学』によって、日本帝国主義の侵略の実態の一端を検証して見ることにしたい。

『国民文学』とは

『国民文学』は一九四一（昭和一六）年一一月一日に創刊され、四五（昭和二〇）年五月一日終刊となった親日文芸誌である。崔載瑞《チェ・ジェソ》によって、人文社から発行された、大日本帝国（日帝）の「皇道精神の昂揚に協力」強要に従って日帝の侵略戦争に協力する親日文学者たちの作家活動の舞台となっていたと略記、説明される雑誌である。

創刊号は定価七〇銭、送料三銭、編輯発行人は崔載瑞。発行所は京城府光化門通二一〇、合資会社人文社（一九四二年に株式会社。崔載瑞が取締役社長）。創刊号は二三六

頁。次号の一二月号は休刊。第二巻第一号（四二年一月）の二六六頁を最厚として以後は二〇〇頁前後が続き、第三巻（四三年）第二号辺りから次第に薄くなり、最終号（五巻五号）は七八頁で、定価七〇銭、送料五銭、編輯発行人は石田耕造、発行所は京城府鍾路区梨花町二六ノ一となっている。

石田耕造は崔載瑞の創氏名である。[*3] 復刻版は三九冊。一九四一年一二月はハングル版の予定だったが原稿が集まらず休刊、四二年五月六月は合併号として六月に発行され、四二年九月号は休刊で、四五年四月号の発行は現物がみつからず刊行の有無は不明という。次号の内容予告も終刊告知もないまま四五年五月号で終わっている。突然の休刊（事実上の廃刊か。休刊の説明特になし。ハングルで書くことは自粛され日本語習得の徹底化未熟のためか）は神風頼りも絶望の戦況や、その戦況に伴う用紙不足・印刷事情によるかとも考えられる。

ところで、韓国では『国民文学』の位置づけとして、親日派による「日帝末期の皇民化、戦時政策の一環として強制された文学運動」というのが一般的のようだ。「親日」とは、日本の韓国支配に協力した韓国（朝鮮）人に対しての呼称であり、「親米」のような友好的意味合いを持つ用語とは異なり、「附日」も「親日」と似た意味で、日本の権力層に密着した朝鮮人を言う（李修京『近代韓国の知識人と平和運動』2003・1、明石書店）。戦時下、文学界が親日派の独擅場になった歴史背景にこそ、日本帝国主義の侵略の実態があったのだ。

『国民文学』発刊の歴史背景

『国民文学』の執筆者を大まかに分類すると、中心をなすのは韓国（朝鮮）人文学者であるが、この人たちに次ぐのは京城帝国大学（以下、京城帝大）教授を多数擁した日本人である。これら日本人のなかには校長など教育者の多いことと朝鮮総督府関係者およびメディア関連者が名を連ねていることが特徴だ。とりもなおさず、日本帝国主義の侵略の実態を示すことになっているだろう。

ところで、参照した書籍で使われている「朝鮮」と「韓国」混用の基準の曖昧さに戸惑った。そこでごく簡単に本稿に関連する歴史に触れておくことにする。

日本の韓国（大韓帝国）併合は一九一〇（明治四三）年八月二九日の「韓国ヲ帝国ニ併合スルノ件」という「詔書」による。だが、併合後の統治形態、総督府官制の大綱などは前年の一九〇九年七月の閣議で既に決まっていたという（山辺健太郎『日本統治下の朝鮮』岩波新書）。このときの併合方法順序細目の書かれた覚書別紙第二号の内容一三項目と「附」のなかに、「総督ハ天皇ニ直隷シ朝鮮ニ於ケル一切ノ政務ヲ統轄スルノ権限を有スルコト」

という一文があり、これが「直隷」の用語が示す通り侵略の始まりと思われる。

この決定を得て、初代朝鮮総督寺内正毅（元帥陸軍大将）が併合処理方案を出して決定した方案要綱の「第一　国称ノ件（勅令）」に「韓国ヲ改称シテ朝鮮トスルコト」とあって、日本が韓国の国名を朝鮮と変えたのだった。天皇の「併合詔書」が出たその日に発表された「韓国併合ニ関スル条約」の第一条は、「韓国皇帝陛下ハ韓国全部ニ関スル一切ノ統治権ヲ完全且永久ニ日本国皇帝陛下ニ譲与ス」となっているのを、併合は侵略ではなく円満な譲与だったとする説もあるが、『日韓併合小史』（山辺健太郎）その他から、「日本軍の強大な武力を背景に、韓国上層の一部を買収して行われた」侵略であったとする歴史観が正しいだろう。

そのことを実証するのは併合の翌月にできた朝鮮総督府官制である。朝鮮総督府官制の第一条は、「朝鮮総督府ニ朝鮮総督ヲ置ク」「総督ハ朝鮮を管轄ス」、第二条「総督ハ親任トス陸海軍大将ヲ以テ之ニ充ツ」（以下略）とあって、軍人が朝鮮と国称を変えられた韓国の絶対権限保持者、統治者とされたのだ。以後、年を追ってとりわけ「満州事変」後、急速に侵略の度合いは深化していくが、今は韓国史を論ずる場ではない。だが、省筆できないのは韓国民がこぞって日本統治を歓迎して容認してはいなかったことである。

民族独立運動は韓国全土に拡がっていた。特筆すべき事件に、一九一九（大正八）年三月一日に、高宗の葬式を機として起きた「三・一運動」と呼ばれた武装抗日独立運動を軸とした全土におよぶ大暴動事件がある。高宗の葬式が機とされたのは韓国王朝最後の国王だった高宗は、日本の侵略に反抗をしていたし、その妃が日本人に殺された上、併合の前に退位を強制されたことなどに対して国民の高宗への同情と痛憤から、高宗の死への哀悼が亡国への哀悼となり、独立への熱望になったと見られている。

元山ゼネスト事件は一九二八（昭和三）年九月一四日から翌二九年四月まで七八日間にわたったゼネストに発展して闘われた労働者の大争議である。元山労働連合会は企業に対して、（一）日本人監督の免職、（二）最低賃金制の確立、（三）賃金値上げ、（四）解雇手当の制定、（五）作業中の負傷者に手当支給、（六）作業中の死者家族への慰謝料支給を要求したが回答がなかったためゼネストに発展したのだった。

光州学生事件は一九二九（昭和四）年一一月三日、全羅南道の光州で朝鮮人学生への日本人学生の暴行に対しての抗議運動で全土に及んだ学生が主体となった民族運動だった。朝鮮語学会事件とは韓国人だけでつくっていた学会で『ハングル大辞典』の編纂を進めていたが、完成直前の一九四二（昭和一七）年十月一日に編纂に携わっていた学者たちが治安維持法違反の嫌疑で根こそぎ逮捕された事件である（一九四二〜四五年、言論・出版関係者六〇人が治安維持法違反容疑で逮捕された。戦時下最大の冤罪の言論弾圧事件「横浜事件」に似ている)。理不尽な逮捕で不起訴、起訴猶予になった人もいたが、酷い拷問と厳寒、粗悪な食事で獄死者も出ていて、一九四五年八月一五日の解放で解放された事件だが、韓国(朝鮮)を民族として抹殺をはかった朝鮮総督府政策による。民族固有の国語が民族にとって如何に大切かは明白だろうのに民族の言葉まで抹殺しようとしたのである。もし、日本人が、辞書も、あらゆる日本語書も焚書にされて諺文《オンモン》(ハングル)使用の制度を押しつけられたらどうであろうか。民族=個の尊厳の掠奪が侵略の極みでなくて何と言うべきだろう。当時は国民学校だった小学校では日本語教育の徹底化がはかられてもいる。

『国民文学』創刊は、まさに朝鮮語学会事件と機を一にする。総督府は朝鮮人の「皇民化」の徹底をはかり韓国人が発行していた新聞の題号からハングルを削除させたのだった。『国民文学』の「国民」とは「皇民」、すなわち日本帝国主義下の日本国民のことで、「皇民化」させられた韓国(朝鮮)人の文学ということになるのだろう。鳥肌がたつ。

諺文による『東亜日報』『朝鮮日報』が総督府によって一九四〇年に廃刊させられた頃の韓国語の文学専門誌は創作面での李泰俊主宰の『文学』(一九三九年二月~四一年二月)と、評論面での崔戴瑞主宰の『人文評論』(一九三九年一〇月~一九四一年四月)の二誌が刊行されていたが、日本官憲によって『国民文学』一誌に統合させられたのだった。

『国民文学』主宰者・崔載瑞という人

韓国文学、韓国文学史に疎く、ハングルを読めない私だが、日本語資料を通して得た崔載瑞像を粗描してみよう。

彼は『国民文学』で果たした自己の役割について解放後、反省、懺悔したとは思われず、韓国文学界も責任の徹底糾明を行っているようには思われない。

戦時下、「皇民化」の指導的役割を積極的に果たした彼は、解放後は評論界の第一線からは退いたものの延世大学教授を務め続け、『文学原論』『シェークスピア芸術論』(共に六三年)など研究者活動を行っている。崔載瑞(一九〇八〜六四年)は黄海道・海州の生まれ。京城帝大英文科卒業後ロンドン大学に留学し、帰国後、京城帝大講師、普成専門学校教授などを勤めたが、一九三〇年代初めからT・E・ヒューム、I・A・リチャーズ、T・S・エリオットなどのイギリス文学を紹介する評論を書き始め、間もなく主知主義文学批評の旗手として文壇に地歩を築いたという。

田中英光の戦後作品『酔いどれ船』(一九四九年、小山書店)には崔健水(崔載瑞がモデル)について、「かつてはマルクシズム文芸理論家として、朝鮮第一の人物」で「朝鮮の蔵原惟人と呼ばれた」ともある。京城帝大時代は「文科B」に首席入学し、予科在学中にシェークスピアに関する論文を提出したほど成績抜群の学生で、英文学者で詩人の佐藤清教授に親炙し、佐藤清教授の愛弟子と目されていた。崔は日本人学生とばかり親しくしていて親日派と見られ、朝鮮人学生から殴られたこともあったらしいが、正月休みにビール瓶をぶら下げて夜更けに主任教授高木市之助を訪ねて、「先生たちはどんなにいばったって僕たち朝鮮人の魂を奪うことはできないよ！」と「凄文句」を発したというエピソードを持つ気骨ある青年だったという。知性論者として高い評価を得ていた学者だった崔載瑞が積極的に日本帝国主義のプロパガンダを果たすことになったのはなぜだろうか。

ところで京城帝国大学（解放後のソウル大学の実質的前身）は、一九二四（大正一三）年に日本の植民地の教育政策の施行から、親日派の知識人を養成することを目的として設立された最高学府の大学で、韓国侵略の礎の朝鮮総督府と一体のものだった。

日本人教授陣は、設立時から一五年間勤めた安倍能成をはじめ、他に日本語学の時枝誠《もと》記《き》、文学の高木市之助・麻生磯次、歴史の今西龍など錚々たるメンバーである。安倍能成はこの大学の設立目的を正当と理解した上で着任したのだろうか。単身赴任で頻繁に日本に帰っていて、一五年もいながら「朝鮮」語はまるきりダメだったという。朝鮮人の白衣、家屋の瓦屋根の反り、素朴だが機能性抜群のジゲ（背負子《しょいこ》）その他を称賛し、韓国の自然や風俗や文化、それを持つ韓国人への愛着や好感をこの地に関連した文章のなかに言葉多く描いている。そこには「日本文化が中国文化の影響なしに今日の水準に達し得なかったらうことは、万人の正直に認めざるを得ないことであり、我々はこの文化を伝へてくれた昔の朝鮮人に感謝してよい」（「朝鮮文化門外観」『槿域抄』一九四七年、齋藤書店）ともある。安倍は「日鮮融和」政策を皮相的に受容していたのではないだろうか。師の漱石が存命中だったら京城帝大には赴任しなかったかもしれないと私は思いたい。崔在喆の「安倍能成における『京城』『京城帝大』」（『韓流百年の日本語文学』）における次の一文に私は慰藉される。敢えて引用しておきたい。

戦後、安倍の「日鮮共同の基礎――朝鮮人諸君へ」（一九四七）等に表れた弁明と反省を検討すれば、彼の思考の変化を確認することができる。朝鮮滞在中に述べた「日韓融和の基礎」を自ら引っくり返して弁明し、日本が始めた「戦争の結果は大東亜共栄圏を作らずして大東亜共貧圏を作った」と言っている。また、「総督府の高圧的強制的同化政策に耐へられぬ気持もあり、逃避の念を抱いて朝鮮を去つた」と告白している。すでに、安倍は戦中の文章「知識人の反省」（一九四二）で、「知識人は自分を社会の動きの圏外に置いて、出来るだけそれから逃避しようとはするが、実際はそれに引きずられて行くといふことになり、積極的に働いてゆくことが出来なくなる。これは又社会国家の支配者の知識人に対する扱ひかたにもよるのだが、これは知識人の陥り易い弊害だ」と反省を込めて自評し、「知識人の任務は能動的な認識の力を発揮するのである」と締めくくっている。

この時期の日本人の京城帝大教授に、戦後、反省・慚愧・謝罪した人を安倍能成以外に私は知らない。崔在喆はこの文章に、安倍の良心的態度に対して時枝は韓国における日本語の「国語化」のために、麻生は朝鮮総督府属兼編修書記として国語（日本語）の教科書執筆を担当し、今西は歴史記述に植民地政策を積極的に取り込んでいたとも書いている。

ところで当時の京城帝大学生からは、後年、有用な人材を輩出しているが、植民地建設に寄与する人物養成趣旨に適合した親日派を多数生み出しているのは当然としても、反日イデオロギーの武装を解かず隠しもち続けた者もかなりいたようである。その風潮はソウル大学に引き継がれているように思われるが、京城帝大には立身出世志向や自己顕示欲が学風にあったらしい。この学風を身につけた崔戴瑞にも立身出世欲や自己顕示欲があったらしいが、その背後に師・佐藤清の存在は欠かせない。

『国民文学』――主宰者・崔戴瑞の思想を通して

復刻版三九冊中、崔戴瑞名のほか主幹、創氏改名による石田耕人(評論)・石田耕造(小説)名での登場は三二回であるが、他に崔戴瑞執筆によると推測される巻頭言や編集後記があって当然ながら最多登場者である。次ぎに登場数の多いのは一八回の佐藤清で、三番目は作家の李石薫(創氏名、牧洋)である。牧洋については理解を示しながらも、「皇国イデオローグの機能をはたしたことは、これを否定することができないであろう。そのかぎり、犯罪的ともいえる彼の歴史の責任はやはり問われなければならない」とした中山和子の論(『差異の近代』二〇〇四年六月、翰林書房)に譲ることにするが、崔戴瑞の思想に多大の影響を与えたと思われる佐藤清という人は一体どんな人なのだろうか。

講談社版『日本近代文学大事典』(一九七七年一一月)には佐藤清(一八八五~一九六〇年)について、「詩人、英文学者。仙台市生れ。号澱橋《でんきょう》。東大英文科卒。『文庫』に詩を投稿して、その一部は『詞華集』(明三六)に収録された。その後三木露風、川路柳虹らと交わり、典雅な象徴詩風から人道主義的なおだやかな詩風へと変化を見せた。誌歴長く独自の世界をもつ詩人にもかかわらず詩壇の表面に現れなかったのは、矢野峰人によれば『いわゆるStriking な題材と表現とに乏しい上、中央から遠く離れ住み、世人の注意を引く事が少なかったためであろう』という。詩集に『西灘より』『愛と音楽』『海の詩集』『雲に鳥』（引用者注：すべて自家出版。出版年月省略）などがあり『詩声』を主宰した。英文学者として関西学院、東京女高師、京城帝大、青山学院大学を歴任し、『キーツ研究』などの研究書、訳書を残した。『佐藤清全集』全三巻がある」とある。執筆者は原子朗。

『東北近代文学事典』（二〇一三年六月、勉誠出版）には『日本近代文学大事典』よりもやや詳しく載っていた。略記によって紹介することにしたい。

佐藤清は仙台市に、漢学者の岡濯、松子の長男として生まれ、後に佐藤家に入った。明治三三年バプテスト教会で受洗。旧制二高から東京帝大文科大学英文科卒。漱石の講義も聴いている。早くから詩作に励み、教職転々、関西学院在職中に二年間イギリス留学。三木露風、竹内勝太郎らを知り『日本詩集』『現代詩集』の会に招かれる。女高師（現お茶の水女子大学）や日本女子大の講師を勤め、大正一三年に京城帝大予科教員嘱託となって英語・英文学研究のために英仏に留学、大正一五年に帰国後、京城帝大教授に就任後、詩や評論を盛んに発表するとある。『国民文学』発行時期についての記述は、「昭和十七年には京城で第六詩集『碧霊集』（人文社）を刊行した。在京城時代には崔戴瑞の『国民文学』に発表の場を拡げ、朝鮮文人報国会会員および理事となる。昭和二十年に京城で定年退官を迎えるまで、約二十年間、朝鮮と日本を往復する生活を送った」とのみあって、以後は、「敗戦後、東洋大学英文科教授を経て、昭和二十四年に青山学院大学文学部教授に就任。二十五年には日本詩人クラブ評議員。翌年、未発表の『回想記』の中に象徴主義に対する激しい批判を記した。昭和二十八年、第七詩集『史詩聖徳太子その他』（自家出版）刊。翌年には個人季刊誌『詩声』を創刊、以後三十五年まで全二十八号を出す。昭和三十年の『詩声』第四号から二十六号まで『明治詩論史』を連載。昭和三十五年中央線吉祥寺西荻窪駅間の無人踏切で事故により死去」とある。

没後は教え子たちの手で第八詩集『おもとみち』（書肆ユリイカ）が出版され、三六年には『佐藤清遺稿詩集』、三八年には『佐藤清全集』（全三巻）が詩声社から刊行された、と書かれている。執筆者は野坂昭雄。この記述では両事典とも皇国イデオローグを積極的に果たした犯罪的戦争責任問題がすべて黒塗りされてしまい、不慮の死は傷ましいが栄光の生涯像になっている。以下佐藤清が愛弟子として訓育した崔戴瑞の『国民文学』に注いだ熱情とそれを支えた思想を以下に略記してみよう。

創刊号の「国民文学の要件」には、「文学は意識的にでも無意識的にでも国家の宣伝手段になるのであるが、然しそれと同時に文学は国民の性格を形成してゆくと云ふ遥に悠久な又遥かに根柢的な責務を負はされてゐる」ので、「日本精神に依つて統一された東西の文化の綜合を地盤とし新しく飛躍せんとする日本国民の理想を謳つた代表的な文学として今後の東洋を指導すべき使命を帯びているのである」とあり、結びの部分には、「国民に教へるために、国民を形作るために書くと云ふ激しい意欲がなくては真の国民文学は生まれない」――「文学こそは教育なりと云ふ信念」で文学は創造されねばならないと、日帝のプロパガンダたらんとする立場を闡明《せんめい》している。それが崔戴瑞にとっては朝鮮文壇の革新でもあったのだ。

崔戴瑞執筆と思われる創刊号の巻頭言「朝鮮文学の革新」には、「『国民文学』は朝鮮文壇の革新を図るべく新しき意図と構想の下に生まれ出た。新しき構想とは何か？第一に重大な岐路に立つ朝鮮文学の中へ国民的情熱を吹き込むことに依つて再出発せしめること、第二に稍々もすれば埋没されさうな芸術価値を国民的良心に於いて守護すること（引用者注：「国民的」とは「日本国民的」のこと）と言い、「狂瀾怒涛の時代に」「清明なる心とひたむきなる熱情とを以て御国のために仕えへたい」とある。「御国」とは日帝のことなのだ。

創刊後九ヵ月を経た四二年八月号の「朝鮮文学の現段階」には、この雑誌の方向性が明確になったことが示されている。『国民文学』が「朝鮮」唯一の文芸雑誌になったのは「主動は警務当局で、当面の理由は云ふまでもなく用紙節約にあつたが、当局としてはこの際雑誌統制に依り朝鮮文壇の革新を一気に解決したい意図を有して」いたからで、当局との間で取り決められた編集要綱は、（一）国体観念の明徴（二）国民意識の昂揚（三）国民士気の振興（四）国策への協力（五）指導的文化理論の樹立（六）内鮮文化の綜合（七）国民文化の建設（各項目はさらに細かく規定）だった。

彼は、「天皇帰一」と「八紘一宇」を『国民文学』発行の要諦としてまとめている。まさに民族主義・自由主義・個人主義まで排除させられた日本帝国の国策への隷属だった。編集スタッフのなかには日本への盲従や同化であってはならないという主体性維持論者もいたが、総督府権力には抗しきれなかったと思われる。

民族独立問題の要因として「ことば」は重要だ。当初、『国民文学』は年四回国語（日本語）版、八回は諺文《オンモン》（ハングル）版を予定していたが、徴兵制実施やそれ以前の当局および総力連盟の国語普及運動を知識階級が率先すべきとの認識に立って、ハングル作品が載ったのは四二年二月号と三月号だけで、他は全ページ国語と称した日本語になっている。その理論付けとして諺文文学では「半島人」のみのものになってしまうこと、読者が半島二〇〇〇万ではなく日本人八〇〇〇万合わせて一億の全国民のものとなり、やがては十億の大東亜諸民族のものになるのが理想であると「英吉利《イギリス》文学に於ける蘇格蘭《スコットランド》文学」の例を挙げている。これは今だから言えることだとしても、私には日帝への屈服に対する牽強付会の弁明のように思われる。四二年六月号発表の「徴兵制実施の文化的意義」を読む私の心は泡立つ。

四二年五月八日の閣議で決定された朝鮮での徴兵制実施に、「多年の待望」だったので「感激一入《ひとしお》」、「畏《かしこ》くも天皇陛下が半島二千四百万を『股肱《ここう》と頼み』給ふた意義は大きく」、これによって半島人の国民意識欠如が払拭された、徴兵制の実施は「確実に而も永久に祖国観念を把持」できた「幸福を想ふたゞけで胸は膨らむ」と書いている。韓国国民性が「文弱」なのは「永い間極端な文治に馴らされ」てきたためで、その結果、「義勇奉公の精神」「責任観念」「団結心」の三大欠点を持ってしまったが、「内地（日本）の婦人が世界に冠たる軍国の母として絶賛される所以の力はその伝統的なる天皇帰依の宗教的信念」から、「陛下のためには喜んで命を捨てる」子供を育てるところにある、と述べている。呆れた論だが、京畿女学校校長の琴川寛もこの論調で韓国（朝鮮）人女性を教育している。すなわち「徴兵制度実施と女子教育」（四二年七月号）において、「今日の女子教育の目的は忠良なる皇国女性の育成」にあり、「皇国女性」とは「先ず軍人の妻とな」って子を生み、その子を「陛下の股肱たる光栄を擔はせ、護国の神として国民から敬仰される人物」に育てることであると言葉を尽くして教えているのだ。近年、自民党の複数の議員さんが似たような発言をしているのが耳障りだ。

崔戴瑞は徴兵制が「宗教、芸術、思想あらゆる文化面に於いて朝鮮人の生活と同時にその実質を根本的に改造向上せしめる」ものとの確信を披瀝《ひれき》していて、徴兵されて戦地に赴いた若者が他国のために殺され殺す理不尽な凄惨さへの想像力は皆無のようだ。「半島人は如何にすれば大東亜共栄圏の建設に直接参与し得る」か、生産拡充、労務提供、献金、貯蓄などと御奉公の道はいろいろあるが、徴兵制実施によって「名実共に半島人は皇国臣民となり、大東亜の指導民族となり得る途が拓かれたのである」、「大東亜戦争は世界史の転換を目指すもの」なのだと言う。彼は解放後、自己の確信に充ちた日本帝国主義指嗾《しそう》について懺悔も責任も取っていないかのようである。この号には一一名の「名士・徴兵の感激を語る」が載り、「徴兵制度実施記念論文懸賞募集」が掲げられ、応募作四百余篇あったなかから以後三号にわたって傷ましい当選論文が掲載されている。

四三年八月号掲載の崔戴瑞の「徴兵誓願行——感激の八月一日を迎へて」の「徴兵の発表があつた日から、私は上代人を想ふこと頻《しき》りである」に始まる論は佐藤清の愛弟子としての洗脳ぶりを示している。「佐藤清氏の魂の籠つた『慧慈』（注：三八年八月号に佐藤清は長詩「慧慈」を掲載）」に依って、慧慈が推古天皇三年に聖徳太子の師となって仏教の弘布に尽力した歴史を縷々と述べ、慧慈の言葉という「大和の国に聖まします」を引いて、「当時の日本は既にさうした威徳と魅力をば近隣諸国に放つてゐた」のであると『日本書紀』や『古事記』を現代に持ち込んで論じ、「八紘に普《あまね》き御稜威《みいつ》とは日本文化の光が世界に照り輝くことである」とあって噴うに嗤えぬアナクロニズムと感じてしまうが、佐藤進に吹き込まれたものと思われる。佐藤進の犯罪性は深い。この認識から崔戴瑞は続ける。「満洲を見よ。支那を見よ。更に泰《タイ》を、仏印、そして馬来《マレー》を、フィリピンを、ビルマを見よ。敵米兵の魔手から解放され、道義日本の光の下に、山川草木悉く蘇るの状ではないか」と。

四三年と言えばこの巻刊行の八月までに、ニューギニア・ブナの日本軍玉砕、ギルワ撤退で戦死者七六〇〇人（一月）、ガダルカナル島撤退、地上戦闘の戦死者・餓死者二万五〇〇〇人（二月）、ニューギニア増援のための輸送船団全滅、海没者三六〇〇人（三月）、連合艦隊司令長官山本五十六戦死（四月）、キスカ島の日本軍撤退などとあって、日本の敗戦は心ある人々にとって時間の問題になっていたのだった。偽りの大本営発表を多くの日本人は信じていたようだが、眉唾に感じていた人もかなりいたという。しかしそのようなことを声に出せる時代ではない。

崔戴瑞は信じ切っていたと思われる。『戦陣訓』の「軍は天皇統帥の下、神武の精神を体現し、以て皇国の威徳を顕揚し、皇運の扶翼に任ず」や、「苟も皇軍に抗する敵あらば、烈々たる武威を以て断乎これを撃摧《げきさい》すべし」に感動している。

さらに『戦陣訓』のみならず、「軍人に賜りたる勅諭」の「我国の軍隊は世々天皇の統率し給ふ所にこそある」など神武天皇まで持ち出して、「皇軍の使命が単なる異民族の征服や、意味なき破壊ではないと云ふことが容易に理解される」ので、「日清戦争、日露戦争以来、満州事変、支那事変、大東亜戦争と打続く現代日本の動きは終始一貫、皇道の宣布であり、道義日本の世界的拡充である。世界にこれ程正しく、立派な軍隊があるであろうか？　皇軍が世界で最も強いのは、畢竟するに、斯くの如く天皇の正義、人類の公道に基いてゐるからだと思ふ」と書いていて、今だから言えると言われればそれまでだが本気でこんなことを信じていたのかと呆れてしまう。とりわけ中国（支那）における〈三光作戦〉の情報は皆無だったのだろうか。

この文章の結語は、軍人勅諭の「朕は汝等を股肱と頼み」から「我々半島二千四百万一人一人に対せられ、陛下御自ら、お前達を手足と頼むぞと仰せられたのである。我等生を朝鮮に享くるもの、感奮せずんばあらず」、「天とも父とも仰ぎ奉る陛下御自ら『頼むぞ』と仰せられたのである。感激と云はうか、感奮と云はうか、兎に角我々は身命を抛ってこの大御心に報い奉らねばならぬと心中深く誓ふ」、これが「誓願である」となっている。天皇の責任は限りなく重い。

崔載瑞の「学徒出陣をめぐりて」（四三年一二月号）は「陸軍特別志願兵臨時採用制」を「朝鮮の学徒に与へられた最高の栄誉」とする視点にたったものだが、「誰のために戦ふか」「何故に日本のために命を捧げなくてはならないのか」という苦悩に悶えた若者の多かったことが顕示され、それには「神国」日本との内鮮一体論（植民地とされた朝鮮は、日本＝内地と一体のものとされ、日本人として天皇に忠義を尽くすのが本分との考えによる用語）で応えている。「徴兵と文学」（四四年八月）はさらに踏みこんで佐藤清の作品を挙げて、「学徒出陣が、この老詩人の魂を如何に深くゆすぶったかは想像に難くない」と絶賛している。彼の研究室からも学徒が出陣している。崔戴瑞を感動させた佐藤清の「傑作」詩五篇のうち「古代叙事詩のやうな荘重な響き」を持つという、「三千年の歴史は／今きみたちの中に生きかへり／きみたちは幾億万の／祖先の霊と同じ呼吸をしてゐるのだ」を含んだ「学徒出陣」が発表されると「新聞に転載され、幾多の壮行会席上で朗読され、つひに総督府編纂の中等国語教科書に採用された」という。この教科書で子どもたちが思想教育されたのかと思うと申し訳なさで身も世もあらぬ辛さに襲われる。

さらに「朝鮮学徒出陣賦」では、朝鮮学徒に「人間の中の花　花の中の花よ」と呼びかけ、「二千年／内鮮の血と文化はまざり／きつてもきれぬ宿命を作り上げてゐる／だが　今はたゞに血と文化の交流だけでなく／内鮮全く一つとならなければ／とても生きられぬ土壇場にきているのだ」と謳う。最後は「わたしたちの愛するものよ／きみたちが立ち上がり　国難に赴くことに依つて」「わたしたちの歴史の目的は／しづかに　力づよく　実現せられ／二つのもの一つとなり　全く新しい一つの生命が／新しい生命の世界が生れ出づるであらう」と続いた詩句を引用しているが、引用するほどのものだろうか。日本の戦争に韓国（朝鮮）のあたら若い命を犠牲にするのに似非《えせ》論理「内鮮一体」論で繕ったに過ぎないのに（植民地にしたということは差別、下位・弱者視があるからで、対等の一体化ではあり得ない）。「内鮮」とは日本（内地）と朝鮮のことだが、少なくとも私の知っている限り「文化」は食事のマナーに象徴されるが交じってなどはいない。

ところでこの頃から崔載瑞は創氏改名して『国民文学』主幹としては崔載瑞、評論家としては石田耕造、作家としては石田耕一の使い分けをするようになっている。改名するについて崔載瑞は書いている。

「君は日本人になり切れる自信があるか？　この質問は更に次のやうな疑問を起した。日本人とは何か？　日本人となるためにはどうすればよいのか？　日本人たるためには、朝鮮人たることをどう処理すればよいのか？（略）私は昨年の暮頃からいろいろ自己を処理すべく深く決意し、元旦にその手始めとして、創氏をした。そして二日の朝、そのことを奉告《（ママ）》のために、朝鮮神宮*4へお参りした。大前に深々と首を垂れる瞬間、私は清々しい大気の中に吸ひ上げられ、総ての疑問から解き放たれたやうな気がした」（「まつろふ文学」（天皇に奉仕する文学の意）、四四年四月）と。

これが崔載瑞の大学アカデミズムで培われた思想だったのか。

崔載瑞は『国民文学』に石田耕人名で歴史小説二篇「非時の花」（四四年五月〜八月、四回連載）、「民族の結婚」（四五年一月〜二月）を発表しているが、「非時の花」は学徒出陣に刺激されて、朝鮮の青年に自信を持たせようとして書いたと述べている。

崔戴瑞についてはなお、座談会や対談での発言に於ける問題点は多々あるが以後の折々で触れたい。戦時下朝鮮に於いて個人の力ではどうしようもない状況下で、被支配者の立場の韓国（朝鮮）人には「（1）体制派となる＝親日派、（2）パルチザンとなって闘う、（3）監獄闘争という三つぐらいしか選択肢はないだろう」、とすれば、「冷静に日本の敗戦を分析することなど不可能だったはずだから、」「生活がかかっている」ことにより、「親日派にでもなって地位向上を目指」したとしてもそれを「否定しきれ」はしない。ましてや、彼は日韓条約締結から三年後に生まれて「植民地の子」として育っているのだからと李健志は物わかりよく理解を示しているが（『朝鮮近代文学とナショナリズム』）、解放後の生き方から、彼は自己の跳梁期を「黒歴史」としていて隠ぺいしている。これは、倫理的にも許されることではないだろう。

『国民文学』と日本人

朝鮮総督府の圧制によって文人協会が結成（一九三九年一〇月）された以前には、植民地朝鮮で日本人の文学活動は同好会の集まりとして韻文主流でわずかになされていたに過ぎなかったらしいのに、『国民文学』に登場する日本人名はおおよそ一三〇名に及ぶ。日本人で登場回数の多い順では佐藤清が一八回、杉本長夫が一六回、京城帝大教授近藤時司が一四回、寺本喜一（国民総力朝鮮連盟文化課長）と則武三雄（平安北道警察部職員）一一回でいずれも詩人とされている。次いで黒田省三（九回）、田中英光（八回）、青木修三、楠田敏郎、京城日報学芸部長の寺田瑛と京城帝大法文学部助教授の萩原浅男（七回）と続き、その後は津田剛（緑旗連盟主幹、国民総力朝鮮連盟宣伝部長）の六回、京城帝大法文学部教授松月秀雄の五回となる。

作家・詩人の肩書きを持つ文学者は、前掲の田中英光・佐藤清、則武三雄のほかに、書評や座談会出席を含めると、秋田雨雀、新井雲平、安東益雄、飯田彬、大島修、小尾十三、菊池寛、木山捷平、久保田進男、椎木美代子、汐入雄作、島田邦雄、城山豹、竹内てるよ、田中初夫、寺本喜一（国民総力朝鮮連盟文化課長）、中野鈴子、西亀元貞、南川博、宮崎清太郎、三好富子、湯浅克衛（日本文学報国会代表）、横光利一、吉尾なつ子、吉川江子などで、長田幹彦と宇野千代が日本から短文を寄稿している。他で圧倒的に多いのは時枝誠記を始めとした京城帝国大学教授で一八人に及び、さらに図書館長、助教授、講師が各一人加わり、また、京城医学専門学校、延禧専門学校、京城第一高女、徽文中学校、京畿高女、京城公立中学校、国民学校などの校長など、教育者である。多いのは、韓国（朝鮮）人の日本（人）への同化教導の任務を負っていたことを顕示する。その任務の露骨さを示すのは、朝鮮総督府の検閲官、情報課長、学務局編集課、教学官、保安課事務官、労務課長、図書課長兼学務課長、農林局などの総督府官人、朝鮮映画社所長ほか役職者、朝鮮映画配給社、京城日報編集局長・社会部長、毎日新報社専務・政経部長、京城放送局第二放送部長など教育関係者と並んでメディア関係者の多いことにみられるだろう。

侵略の実態がまざまざと感取されるのは、さらに、朝鮮軍参謀（中佐）、海軍上等兵曹、朝鮮軍報道部（大佐）、朝鮮軍報道部長、京城海軍武官、海軍兵長、海軍大尉など軍人の参加であるが、要職を日本人が占めていることである。

『傷痕と克服』は津田剛を、「緑旗聯盟（引用者注：「聯盟は「連盟」。一九三七年に作られた「日本国体の精神に則」る民間の総督府御用団体。機関誌『緑旗』を発行した日本人主体の団体で、当時の朝鮮文学者に猛威をふるった）の責任者として批判し、京城帝大法文学部教授で朝鮮文人報国会理事長の辛島驍を「えせ学者」と位置付けている。辛島は創刊号の座談会「朝鮮文壇の再出発を語る」で、「大東亜共栄圏を確立させることの意義を作家が知的に把握することを新文学出発の前提」とすることはもちろんだが、把握した知的なものを感情にまで築き上げねばならぬと述べ、四二年一二月号の大東亜戦争一周年を迎えた「私の決意」では、大東亜戦争の勃発で、「我々の血潮は燃え上つて、この敵を一挙に屠らんとする気概を示し、凡ゆる点に於いて活溌な気魄が見られた」、今、大切なことは敵愾心を燃やして、困難や不便の原因が敵米英にあることを常に深く心に留めることと書いている。

一九二七年に赴任し、京城帝大教授退職後は東京帝大教授となり、定年退官後早大教授となった国語学の泰斗時枝誠記は、「朝鮮に於ける国語」（四三年一月）の中で、「言葉は一つの思想媒体の機関であると同時に、又一の人間的行動であつて、それ自身固有の価値を持つもの」と述べた上で結論として、「半島人は須《すべか》らく朝鮮語を捨てゝ国語（引用者注：日本語のこと）に帰一すべきであると思ふ。国語（日本語）を母語とし、国語常用者として言語生活を目標として進むべきであると思ふ」と言っている。韓国（朝鮮）人の立場に立てば、震えるほどの屈辱ではないか。相手の韓国（朝鮮）人としての矜恃や心情への目配り、忖度は一片もない。

林建志は「言語は『民族』を要求し、そして『国家を要求する』」（『朝鮮近代文学とナショナリズム』）と言い、金允植は、「金史良は、自分が日本語でだしたものは『その内容はともかくとして、やはり一つの誤ち』（注：『国民文学』に一九四二年一月に「ムルオリ島」、四三年二月〜一〇月まで「太白山脈」を八回連載）であったと語り、李泰俊は『わたしは八・一五以前にもっとも脅威を感じたのは、文字より文化であり、文化より言語』であったといっている」（『傷痕と克服』）と述べている。

そして、「金史良流の『朝鮮語第一を騒ぎたて何もせずに筆さえ折ればそれが抵抗か』という反問と、李泰俊流の『日本語で作品を書いたことが、いかに内容が抵抗的だろうと容認できない』という命題の対立」は「こびとのせいくらべ」みたいなものとも言っているが、私には心に突き刺さる問題として思考を迫られる。かつて偉い国語学者と思いこんでいた時枝誠記先生だが彼に反省、懺悔の言動はあったのだろうか。管見ではみつけ出せない。

日本文学報国会（会長徳富蘇峰、事務局長久米正雄）の結成は四二年五月のことで、一一月には東京で第一回大東亜文学者会議が開催され、これに崔載瑞は参加している。作家というより日本近代文学の偉い先生と思い込んできた福田清人（一九〇四～九五年、『日本近代文学大事典』には「小説家、児童文学者、近代文学研究者」として板垣信がかなりのスペースを使って述べているが、この時代については「戦時中は文学報国会、大政翼賛会、日本少国民文化協会に勤務。」とのみで、すぐ「戦後は」となっている）だが、日本文学報国会企画課長として、「日本文学報国会の皇動朝鮮研究委員会」（四三年四月）を発表している。すなわち、文報内に農民文学委員会、大陸開拓文学委員会に次ぐ三番目の委員会として皇道朝鮮委員会を、政治面での内鮮一体を文学者が先頭に立つために、朝鮮の皇民化の促進とその現実紹介、内地における協和事業への協力、現地派遣の人選を当面の目的として設置し、そこには、文学者で朝鮮に関わりのある加藤武雄を委員長に、湯浅克衛、張赫宙、田中英光、頴田島一二郎、濱本浩、川上喜久子（引用者注：彼女が尊敬していた父は、勅任官の軍人で京城帝大教授になった人）、三浦逸雄、保高徳蔵、楢崎勤を委員として構成すると述べている。この文章でも触れられている情報局によって日本文学報国会選定（野上彌生子も関わっている）の愛国百人一首発表は四二年一一月だが、『国民文学』では四三年二月から六月まで五回にわたって近藤時司による評釈が載っている。

四三年三月号掲載の「新半島文学への要望」は、菊池寛・横光利一・河上徹太郎・保高徳蔵・福田清人・湯浅克衛と、本社側・崔戴瑞の座談会だが、大東亜文学者会議に出席した崔戴瑞の持ち帰ったお土産だろう。かなり長時間にわたっての座談会だが、韓国（朝鮮）の文学者の苦悩や民衆の実態についてもよく知らず、かなり観念的な知識でもっぱら崔戴瑞への質問に終始している。

菊池寛に特に言えるが、崔戴瑞＝朝鮮人文学者に対して上からの目線での物言いが気になるが、彼の考えは、諺文で書くのではなく、朝鮮文学を振興させるには市場にゆきわたりつつある国語（日本語）で書く、「之が宜い」、諺文でしか書けない作家でもいい作品なら翻訳すればよいなどと言っている。国語（日本語）常用政策を急速に進めていたとしても、一般民衆が日本語を国語として話し言葉とし、読み書きもするのは民族の尊厳を犯す屈辱でもあって容易ではないだろうと私は想像してしまうのだが、彼らは全く気にしていない。

私の心を凍らせたのは、朝鮮の若い作家たちに熱意が迸らないのは、自分はもちろん、身内にも戦場に行った者がなく、銃後の奉公だけだったからだが、徴兵制の発表で肚の底から昂揚感が噴き出し祖国愛が本物になった、「愈々是で本当に片棒が擔げる」気持になった、と菊池に答えた崔戴瑞のことばだった。哀しくなるが、著名日本人作家に対する保身のための崔戴瑞のリップサービスだったのか、いや、多分本音だったのだろう。

四二年一〇月号では巻頭言の文中に使われた「皇国臣民ノ誓詞」が翌月から毎号、目立つ扉の題字下に掲載されるようになっている。「誓詞」とは、「一、我等ハ皇国臣民ナリ忠誠以テ君国ニ報ゼン　二、我等皇国臣民ハ　互ニ信愛協力シ　以テ団結ヲ固クセン　三、我等皇国臣民ハ　忍苦鍛錬力ヲ養ヒ　以テ皇道を宣揚セン」というもので、「皇国臣民」を叩き込まれる心身の辛さを思いやってしまう。長文のため引用できないのは残念だが、掲載された応募作品中の徴兵制記念論文当選作には涙を催される。学徒出陣について四四年七月号掲載の金村龍済（中野鈴子の愛人、詩人、本名金龍済）の詩「学兵の華　わが朝鮮出身の光山昌秀上等兵の英霊に捧ぐる詩」の五連中一、四、五連を挙げる。

「先登志願の君につづいて／なつかしい学帽を風にすて／あたらしい軍帽の星をいただき／筆を劔に、書冊を地図に代へた時／幾万の足どりは青い雲を捲き立てた」（略）「蛍もまだ早い大陸の夜のしじまのなかに／単哨の鉄道を急襲した大敵を捉へてたたき／ああ原野の草の葉に朱の血を流す時／『敵は……敵は』斃《たお》れてなほ任務を忘れず／『天皇陛下万歳』戦友の胸に華は刻まれた」「われら二千五百万、また後輩の徴兵百万／この悲報に憤り燃えんとする時／二階級特進の恩命に亦感泣して叫ぶ／「ここに君の華あり。美はしき朝鮮あり／おお神位に昇る英霊よやすらかに」

文学的に必ずしも優れているとは思えないが、痛ましさで心が疼く。もし、彼が靖国神社に祀られているとしたら、彼の霊は安らぐだろうか。四五年一月号の「巻頭言」には新年に当たって最高度の用語で天皇を讃え、「炳乎《へいこ》として輝く大御稜威のもと、国民が大和一致、神州護持の信念に燃える以上、如何なる国難も突破して、皇祖皇霊に応え奉ることが出来る」のであり、今や「八紘為宇の大義名分」は「燦として世界史転換の光輝を放」ち、「野獣米英の如きは寧ろ鎧袖一触《がいしゅういっしょく》（引用者注：敵を問題にしないこと）である。果然台湾沖に於ける大戦果につづいて比島沖の大戦果が挙り、今またレイテ湾頭絶対優勢の体制下に、一挙太平洋作戦を覆《くつがえ》さんとして居る。敵機よ来らば来れ、鉄壁の備えある我等は、従容莞爾《しょうようかんじ》

（引用者注：落ち着いてにっこり笑う態度のこと）として之を撃滅し去るのみである」と勇ましい。

大本営発表がそのようにウソの発表をしていたからだが、戦況の実態は悲惨だった。だが、ここでは、「レイテ島の激戦に於て、靖国軍神部隊に参加して萬古に輝く武勲を樹てた松井秀雄伍長、並に薫空挺軍神部隊員として、敵飛行場に強行着陸の上決死斬り込みの偉勲を樹てた金原庚鎭軍曹、更に特攻隊に特別志願し隊長機に同乗して『今より肉弾突撃す』と、電鍵を採りしまゝ護国の神となつた通信兵、特攻隊勤王隊の林長守伍長」の「半島出身の三軍神」の「英名」を挙げて、「この三軍神の忠魂は皇軍日本魂の最高水準に達するもの」として「二千六百萬の同胞に身を以て教へてくれた」のであって、「我等もこの三軍神」に続かねばならぬと顕彰している。三人とも創氏改名された日本名だったことが辛い、辛すぎる。靖国軍神部隊などの部隊名にも心が泡立つ。

この座談会から五ヶ月後の八月号には、朝鮮現地でなされた座談会「国民文化の方向」が載っている。出席者は加藤武雄、福田清人、立野信之、古谷綱武、兪鎭午（作家、京城放送局第二放送部長）、李無影（作家）、寺本喜一（詩人、国民総力朝鮮聯盟文化部長）で本社側として、崔載瑞、金鐘漢（詩人）である。

日本浪漫派の影響だろうが「本源に帰れ」で古事記、万葉集、また三国史、三国遺事などが持ち出されて古典回帰がなされていること、「国語と朝鮮」のテーマでは、もっと積極的に国語（日本語）を自分のものにすることが精神の態度に直結するのだと語られていて、国民学校での熱心な国語（日本語）教育の成果により、大人の知識人も叶わないほど彼ら生徒は内地人と同じ表現能力を身につけることに懸命になっていると報告されていて居たたまれない。さらに、徴兵制が布かれて半島青年が正規の兵として銃をとることができるようになったのに、日本の作家のように朝鮮の作家に従軍の機会が与えられていないのは悔しいという嘆きに、半島作家にも従軍の機会があるだろうと答えている。

二ヶ月後の十月号には小林秀雄が「大東亜文学建設のために」として「文学者の提携」を書いている。「大東亜の新しい文化の建設といふ共通の理想のもとに、アジア各国の文学者達が提携し協力するといふ事は、まことに空前の盛時」と述べ、「御稜威の本に必勝の信を抱いた私達に対し、英米に勝算があろう筈はない」とも書いている。前記したように既に「玉砕」と、撤退の続出する戦況にあったのに。

中野鈴子と金龍済

徴兵制実施によって内線一体による大東亜建設の進捗をよろこぶこの号（第二巻第七号、

一九四二年八月）は、問題が多いが詳細は別の機会に譲ることにして、中野鈴子の詩に触れておきたい。鈴子は私にとって敬して止まぬ中野重治の妹で優れたプロレタリア詩人でもあった。重治は、被圧迫民族とされた韓国人への優しさの溢れた「辛よ　さようなら／金よ　さようなら」で始まる「雨の降る品川駅」の作者だ。重治の、妻・両親・妹たちに宛てた獄中書簡を大量に含む全集未収の『愛しき者へ』（上下、一九八三・八四年、中央公論社）は涙なしには読めない感動的書である。四二年五月二日付け鈴子宛の書簡には、「朝鮮から返事（注：鈴子の愛人だった金龍済から）が来ましたから送ります。僕には意味の分からぬ点が多く、全体として僕の問うたことに対する応えになっていないけれども、鈴子の方ではまた鈴子としての解釈があると思うから、鈴子本人の判断に任せたいと思う。鈴子には黙っていてくれと言うような意味の言葉もあるがどういう意味かサッパリ分からぬ。いずれにしても、見込みはあるらしく思われるが、それも一応の見込みというところかと思う。いずれにしても万事鈴子の判断にまかせる」という一節がある。意味不明だが、重治がこの手紙を出したこの頃、「徴兵の詩」として金鐘漢・李庸海とともに、中野鈴子は『国民文学』のこの号に詩を発表している。

あつき手を挙ぐ

徴兵の詩　　◉中野鈴子

都会、町、部落、
何処にも
朝鮮の人たち満ち溢れ
働き、たたかひ
生活を立て

話す言葉　国語正しく
われら朝夕
親密濃く深まりつ、

出征、入営を送る折々には
先んじて旗振り、万歳を叫ぶ

朝鮮の人たち
手に力こもり、唇は叫びつゝ
朝鮮の人等
心の底に徹し得ぬものがあるならん
常にわれかく思ひ、心沈みし

今
朝鮮に徴兵令制布かる

こころ新たに
あつき手を挙ぐ

この詩はどう読めるだろうか。神谷忠孝は、「皇民化政策に納得しない心情を抱く朝鮮民衆もいるだろうと推測してい」て、「心沈みし」の表現には「詩人の真意が隠されている」

（「朝鮮版『国民文学』について」）と思いやり深く読んでいるがいささか深読みの感がしないでもない。親ならずとも死を覚悟せねばならぬ出征、入営に送り出す人の心情は切ない。なぜ我が子が、わが夫が、わが愛するひとが征かねばならぬのか、と心に徹し得ぬものがあるだろう、その心情を思いやると心が沈むのも当然だろう。だがその前に、侵略国の国語である日本語を正しく話し、と母語を奪われていることが肯定されていて、侵略国の国軍兵士とされて徴兵されるのを「先んじて旗振り、万歳を叫ぶ」その手には力がこもっているとあるのだ。しかも、わざわざ「徴兵の詩」と掲げているのが私にはたまらない。

金龍済（創氏名：金村龍済、一九〇九〜九四年）は在日十年間に日本の獄中に通算四年も厳しく拘束された、小林多喜二や宮本顕治の盟友でもあったプロレタリア詩人として闘った人だが、転向後帰国して〈親日文学派〉となって、『緑旗』の編集部で働いた多作の詩人だった。鈴子の『国民文学』掲載詩は愛する金龍済の慫慂《しょうよう》によったのではないかと思われる。金龍済に誘われて韓国を訪れ、このような光景を見たのではないだろうか。想像を広げてみると、愛する人の要請に応じて詩を載せてしまったものの、『国民文学』の性格、体制側の活動家になりきってしまっていた金の現実を知って離反したのではないだろうか。この詩の発表を重治は知らなかっただろうと思う。

鈴子の詩に続いて朝鮮（韓国）人の詩が乗っている。参考までに挙げてみよう。

鯉・徴兵の詩

李　庸海

鯉たちは　黙してゐた
夕ぐれ
うすやみの　いでゆの静謐のなか

生温い　かぜが木々をめぐり
雨あとの地に
ひら　ひら
白い葩は　すはれていつた

みづ面にひかれた　わたしの影は黒く
手にした紙片の　特号活字が
無数の光となつて　よみがへり
まつかな空へ放射していつた

――朝鮮同胞に徴兵令

鯉たちは　うごき出した
尾をはたき　鰭うちふつて泳いでいつた
新しい郷愁へ
大きく　大きく　流れをつくつた

「特号活字」の徴兵令状を手にした時の真情、それは決して言葉として発してはならない絶望、恐怖、諦念、悲哀、遺恨等々が比喩的に謳われていて、出征・入営に旗振り万歳を叫ぶ人々の心の真実が迫ってくるようにおもわれる。

田中英光について

『オリンポスの果実』（一九四〇年一二月、高山書院）で知られる田中英光について、島田昭男執筆の講談社版『日本近代文学大事典』での田中における朝鮮（韓国）と関わる時期の叙述は、早稲田大学卒業後、横浜ゴム製造株式会社に入社して朝鮮京城出張所に赴任するが、三七年七月の召集で京城の龍山七九連隊に入隊し一二月に除隊となるが、三八年七月再度召集を受けて中国山西省の最前線に送られる。「以後帰還するまでの約一年五ヵ月、山西省南部の山岳地帯を中心に八路軍の抗日遊撃隊と交戦」。一九三九年一二月平壌に帰還するが、四〇年一月、除隊後本社勤務となって東京に戻る。四一年二月、また京城の出張所勤務となり、「内地の日本文学報国会に刺激され朝鮮文人協会を組織、朝鮮文学の国策協力をはかる。一二月本社勤務となり朝鮮を離れる。（以下略）」。『新版　現代作家辞典』には「残念ながら一方で朝鮮文学の国策化運動に加担することになる」（執筆者・島田）の一行だけで「国策協力面」は辞典原稿ということもあって暈かされている。田中は、三五年三月か四月から四二年一二月まで、その間二度の召集はあったものの約八年間近くこの地に親しんだことになる。そこで、『国民文学』における田中英光の活躍振りを概観してみよう。

田中は「月は東に」（小説、四一年一一月）、葉書問答（「今後如何に書くべきか」、四二年一月）、「我が創作信条」（特集　新しき国民文芸への道、四二年四月）、「黒蟻と白雲の思ひ出」（小説、四二年四月）、「軍人と作家・徴兵の感激を語る」（座談会、四二年七月）、新刊紹介として則武三雄『鴨綠江』（四二年七月）、「太平記について（古典研究）」（四二年八月）、「国民文学の一年を語る」（座談会、四二年一一月）、「呉王渡」（小説、四二年一一月）、「大東亜戦争一周年を迎える私の決意」（四二年一二月）、「朝鮮を去る日に」（四二年一二月）、「忘れえぬ人々」（四三年一〇月）など一二回ほど登場している。この地を去った後、日本で作家活動を展開しているが、四六年三月に日本共産党に入党している。朝鮮での生活への峻烈な自己批判があってのことだったのだろうか。

ところで、『国民文学』について書かれた、私が目にできた戦後の著書では、この雑誌で活躍した日本人についての記述は極めて少ない。多くは韓国人によって書かれているので、批判対象が韓国（朝鮮）人であるのは当然としても、その韓国（朝鮮）人を煽ったのは、日帝側の日本人なのだから、厳しい日本人批判がなされてよいはずなのにあまりない。

手厳しいのは金允植である。金允植の筆は厳しい。英光については、「太平洋戦争末期、植民地朝鮮に君臨して、作家としてまた加害者として、退廃と享楽に身をまかせ、作品行為を行った」（『傷痕と克服』）と位置づけ、次のように書いている。

「日本人詩人則武三雄とともに、日帝思想善導に献身的に努力した悪質な文学者であった。われわれがあえて『悪質』という表現をためらわないのは、それが文学と思想に関連しているからである。とくに田中は、金史良の『天馬』（『文芸春秋』一九四〇年六月）という作品のなかにも、堂々たる加害者――親日韓国文学者たちの救世主として登場している。まったく田中は、小説においてとはちがって、実際はもっとも忠実な皇道主義者であった。かれの手になる『京城日報』の諸評論によっても、それを証明できる」

日本人によって書かれた大村益夫の復刻版「解題」でも採り上げられているのはほとんど韓国（朝鮮）人である。この解題の結語は『国民文学』を見る視点として、「植民地支配の精神的加虐性を見てとることもできるし、一国の権力が他の国の精神文明を奪おうとした非人間的な試みが、倫理性もなく、結局は壮大な徒労に終わる過程を見ることも可能であろう」ときわめて穏健である。だが、別の所では、「田中英光は朝鮮文学界の帝国主義的再編成に力を貸した犯罪者である。朝鮮人と接触し、朝鮮人を『深いところでつかんでいた』としても許すわけにはいかない。ただ、かれは権力機構のなかに身をおいていることに罪の意識を持っていた。軍、官、財閥をふとらせるために仕事している自分がおぞましくて酒を飲み、酒を飲んではいっそう自己嫌悪におちいっていった。そこに一部の朝鮮人文学者たちとの間に、ある種の共犯者意識にも似たものがはたらいたのであろう」とも述べている。

木村一信・崔在喆共編『韓流百年の日本語文学』の、金泰俊による「日本文学のなかの韓国・韓国人像」にしても、三谷憲正の「田中英光と〈朝鮮〉言説」にしても、戦後のしかも共産党員（入党一年位で離党したとしても）になったような田中によって書かれた『酔いどれ船』が中心で他作品は表題名を挙げているに過ぎない。西村賢太による「研究動向」（『昭和文学研究』第三〇集、一九九五年二月）はこの時期までの研究動向として書誌を詳しく挙げてあるだけで、研究者にはありがたいがそれだけで、戦時下の言行にはほとんど触れていない。私は英光研究者ではないので狭い視野になるが、田中英光論は作品は『オリンポスの果実』『酔いどれ船』中心で、他は太宰治との関係、共産党との関係が中心になっていて、戦時下の韓国（朝鮮）での言行に対する検証作業はされていないのが現況のようである。

議論の多い『酔いどれ船』について、「はたしてこの小説がどの程度事実を反映したものであり、どれだけ実際の人物や事件に即しているのか」は「疑問」（川村湊「〈酔いどれ船〉の青春」、『群像』一九六六年八月）であろう。共産党入党という思想上の変化を経て以後の作品ということも考慮されていいだろう。そこで、戦後作品『酔いどれ船』については別に論ずることとして、『国民文学』における発表作・発言に絞って私が興味を抱いた作品、発言を恣意的に採り上げることにしたい。

小説は戦地体験で「月は東に」は北支での「紅槍会」（そのような会があったのかどうかは未調査）との激戦を、「黒蟻と白雲の思ひ出」も山西省の風陵渡というところでの戦闘を描いた戦場物語なので、今は措く。

「わが創作信条」（四二年四月）で、「作家はまず真におのれを愛するもの」であること、「愛するという言葉は」「祖国の為に、肉弾と化して異境の海底に眠る」のもそのひとつ、「日本人は忠勇義烈、愛国の念比類なき民族」だがその色を生な色で使ってはいけないとある。「軍人と作家・徴兵の感激を語る」（四二年七月）の座談会出席者は朝鮮軍参謀の浅井中佐と馬杉少佐、作家は牧洋（李石薫）・青木洪（洪鐘羽）・木下俊・田中英光、本社側に崔戴瑞・金鐘漢。ここでの田中発言を要約すると、新聞報道で徴兵制を知って有難いと感じた、徴兵制で欠かせぬ「国語」教育の徹底の必用、徴兵制を権利と思ったら間違いで与えられた「栄誉」なのだとあり、馬杉の戦場で死ぬ時、親神様の「陛下の赤子」として日本人は偽りなしに「万歳」が出るという発言に同調している。

浅井の、夫婦は理解しあってなるのではなく知らない者同士でなるものだが、いつしか一体になっていく（噴飯的認識）、まさに内鮮一体の姿なのだという発言に同調して、「子供は皇国の御楯になれる資格がある」と結婚奨励。祖国観念把握が難しい、日本人の祖国は上御一人にあるので勇躍死に赴くが半島青年は「諦めて戦争に行く」の批判に対して、そこははっきり掴ませると牧洋。馬杉の、天皇の「御肉体は人神」であることの「完全に日本化」が必用と発言していることが愚かしく思われるので、敢えて贅言を挟んでおこう。名作『橋のない川』の作者住井すゑ（一九〇二～九七年）の、人権平等思想覚醒は小学校一年のとき、村で行われた陸軍秋季特別大演習で天皇が一泊されたが、神様と教えられていた天皇がババをし、沢山の煙草を吸った跡を見て、なんだ、同じ人間じゃないか、と知ったことによるという。明治生まれの小学生でも解る論理なのだ。

若者は軍隊に入らないと顔向け出来ないと感じているらしいという論に、若者は心配ないが心配なのは中年の特に女性だと、田中。田中はさらに、内地の作家は報道班として派遣されているが、半島の作家も是非動員を体験するべきで、それも「成るべく危ないところに」と発言している。「大東亜戦争一周年を迎える」「私の決意」(四二年一二月)には、内地に帰ることになったがもっと積極的な仕事を詔勅の仰せのごとく億兆一心で懸命に努力する覚悟とある。帰国後、共産党に入党しているが、入党に際して共産党は在朝時代の田中英光の言行を調べたのだろうか。

まとめ

ひと言だけでまとめておきたい。韓国一都市の京城を中心とした文学者集団に限られた視界で、しかもまだ表面を撫でた程度に過ぎないが、国称、言葉、姓名といった人間の尊厳に関わる問題を始めとして、侵略の度合いの凄まじさに今さらながら驚かされた。明らかになったことは、この雑誌に登場する人たちの犯罪性と変換可能な日本国の加害性の検証が置き去りにされたままである場合の多いことである。戦争、原爆、原発など由々しい問題の風化現象に端的に表れているのが為政者の歴史認識といえるだろう。等閑に付してては決してならない問題として、さらなる検証を進めたい。

＊注

（1）10頁　一九九五（平成七）年八月一五日に、当時の首相・村山富市が発表した「戦後五〇周年の終戦記念日にあたって」と題しての談話。第二次世界大戦中にアジア諸国で侵略や植民地支配を行ったことを認めて公式に謝罪したもの。以後、日本の公式見解として歴代内閣に引き継がれた。

（2）10頁　一九九三（平成五）年八月、当時の宮沢喜一内閣の官房長官・河野洋平が行った官房長官談話。韓国が主張する「慰安婦の強制連行に日本軍が関与していた」という事実を認めて、日本政府として「心からのおわびと反省の気持ち」を示した内容。

（3）12頁　大日本帝国朝鮮総督府が、一九三九（昭和一四）年に政令一九号（創氏）および二〇号（改名）で、本籍地を朝鮮にもつ日本臣民（朝鮮人）に対して日本氏名への改名を許可した政策。

（4）31頁　朝鮮総督府の「皇民化政策の一環」として朝鮮全土の総鎮守と位置づけられ、京城府南山に建てられた神社。祭神は天照大神と明治天皇。朝鮮各地に建てられた六〇余社中、唯一の官幣大社。

第二章

田中英光を中心に

はじめに

第一章でいわば総論的に概括したが、以下は詳論である。

前年に続く二〇一四年八月六日、広島原爆投下六九年に当たる平和祈念式典で安倍首相のスピーチが前年のコピペで「深い反省」も「不戦の誓い」もなかったことは再び批判を浴びた。知識人のノーマルな感覚なら、プライドが傷つき恥じるだろう。ところが、鈍感なのか傲慢なのか、広島で批判された恥ずかしさから九日はといささかの期待を抱いたが、九日の長崎でも同様のコピペだった。情けない。期待された長崎市長のスピーチは前年に比べて鋭さがやや欠けていたのは、このような首相の思惑が影響したのだろうか。

それに反して被爆者代表の城臺美彌子さんの「平和への誓い」はみごとだった。事前に配布されていた文言の「今、進められている集団自衛権の行使容認は、武力で国民の平和を作ると言っていませんか」を、「今、進められている集団的自衛権の行使容認は、日本憲法を踏みにじった暴挙です」になった。さらに配布文面にはなかった、「日本が戦争ができる国になり、日本の平和を武力で守ろうというのですか。武器製造、武器輸出は戦争への道です。いったん戦争が始まると、戦争は戦争を呼びます。歴史が証明しているではありませんか」が付加された、政権への怒りをほとばしらせたものだった。我慢ならずとっさに変えたというこの「誓い」に多くの人が共感、感動し、彼女の勇気を称えたという反響が数多く寄せられたという。

ところで安倍首相は、二〇一二年一二月の第二次内閣発足から一年八ヵ月の間に二四回四九カ国を訪ねていて、歴代首相の外遊回数をずば抜けて上回っている。外遊予算（これは税金）一三年度は三億九〇〇〇万円の予算額が足りなくて外務省の他の予算を転用したというが、一四年度は四億八〇〇〇万円に増額している。一五年度は八割増しの約八億七〇〇〇万円が予算要求されたという。世界地図で見る世界の果てまで行こうとしているにもかかわらず、一番大切な隣国の中国、韓国にはまだ行っていない。国民大多数の反対をよそに閣議決定した集団的自衛権の宣伝と、原発・武器輸出のトップセールスが彼の外交の主要目的だとしたら由々しい事態だ。「死の商人」とは学生時代に読んで感動した岡倉古志郎の『死の商人』によるネーミングだが、まことに言い得て妙なる用語と言える。人を殺し生活を破壊する武器産業ほど儲かる商売はないのだから。

政権奪還後、高い内閣支持率（これが不思議。知性喪失現象によるのだろうか）を楯に武力で他国を守るという集団的自衛権の行使を認める閣議決定まで特定秘密法案成立からまっしぐらに進み、さらに加速させていくために内閣改造と党役員人事を行った。女性活用を声高くあげていかにも男女平等推進政策実現者を装って閣僚に五人（たった）の女性を起用したが、女性なら誰でもいいわけではない。彼女らは首相と足並みを揃える、いわばお仲間であって真の女性の味方どころか逆効果すら招きかねない人たちだ。このような状況がまかり通るのは、戦争責任、戦争犯罪を徹底的に追及してこなかったことによると考えられる。そこで、韓国および韓国人民に与えた侵略（武力で外国の主権をおかし、また領土をうばうこと）という用語では包括しきれぬ陵辱の実態を、田中英光を中心に検証してみようと思う。

二点ほど断っておきたい。論の展開上、既述文と重複する部分があるかもしれないこと。朝鮮・朝鮮人の用語を使うときは括弧付きにしたこと。その理由は「朝鮮」は植民地化に際して勅令によって国名韓国から変えさせられたので、日本の敗戦によって植民地の鎖が解け、朝鮮戦争による分断で国交のある南半分が韓国に戻っているという認識による。『傷痕と克服』の著者金允植《キム・ユンシギ》（大村益夫訳）は地の文に「朝鮮」「朝鮮人」を一切使わず韓国・韓国人を使用している。崔在喆（現・韓国外語大学学長）に問い合わせたところ、韓国では「朝鮮半島」という用語は使われず、「韓半島」と言うという。だが、日本では閣僚もメディアも「朝鮮半島」を使っている。訂正すべきではないだろうか。

『国民文学』で活躍した日本人――佐藤清、則武三雄の隠された過去

『国民文学』に名を出している日本人は座談会に出席しただけの菊池寛などまで入れると二三〇名に及ぶ。京城帝国大学教授をはじめ教職者が多いが、不景気で就職難から失業者が増大した頃なので「出稼ぎ」(金史良「天馬」)も多かったようだ。京城帝国大学教授は一六人、他には助教授、講師のほか専門学校や女学校の校長・教員が多い。「朝鮮」侵略と同義の皇民化は日本人軍人による総督府統治によるが、この統治の指導者育成を目的として設立されたのが京城帝国大学だった。戦時下日本の皇国民教育にも言えるが、教育は人間育成の基本である。生まれ育った国の言葉を他国のしかも侵略者の国の言葉に変えさせ、祖先から受け継がれてきた姓と生涯の幸福を願ってつけられた名前を侵略国である日本名に変えさせせられるとは人間の尊厳をふみにじった陵辱としか言いようがない。

本稿は、村山談話や河野談話(まだ中途半端だ)を誠実に引き継ごうとしない歴史の無智さへの怒りを込めて検証した、戦争の実態のほんの一部である。蔵原惟人に「現代日本のプロレタリア戯曲の最高を示すもの」と言わせたマルキストだった劇作家で演出家の村山知義の、「長い歴史を持った言葉を、別のことばに置き換へるといふことは、たくさんの苦痛と矛盾と、損失とを含み、長い年月を必要とするものだ。朝鮮語を国語と置き換へ

ることについても、私はその必要さと必然性とを認め、将来に希望を持つ者であるが」（『文学界』一九四〇年五月、「朝鮮文学について」）は転向後の発言とはいえ、母語の抹殺を許容した発言として慚愧すべきだろう。

韓国人にとっては韓国語を放棄して筆を折るか、日本語で延命をはかるかの牢獄か転向かの二者択一の時代だった。新体制とも呼ばれた国策と言う用語が使われ出したのは一九三九年のことだが、四〇年一〇月には大政翼賛会発会式が挙行されていて、新体制に合致した国策文学が幅を利かせるようになっている。『国民文学』創刊はまさにこの新体制文学の実践だった。主宰者崔載瑞は、優秀な解釈的批評家としての知性論者だった。牢獄への恐怖から転向を選んだ好例だろう。韓国文学界で畏敬の文学者李光洙は崔載瑞の悲劇的転換に先だって「朝鮮人はまったく朝鮮人であることを忘れねばならない。血と肉と骨がすっかり日本人になってしまわねばならないと」という「信念をもつ」ようになった（「心的新体制と朝鮮文化の進路」一九四〇年九月四日『毎日新報』）と述べている。多くの文学者にとって師表とされていた人たちのこのような発言の影響は大きい。言わせたのは日本帝国主義だった。

『国民文学』第二巻第七号（四二年八月）の「創作詩集　徴兵制記念論文」号掲載の崔載瑞の「朝鮮文学の現段階」には、「当局」との間のとりきめとして次の七項目が挙げられている。

（一）国体観念の明徴……国体に反する民族主義的・社会主義的傾向を排撃するは勿論のこと、個人主義的・自由主義的傾向を絶対排除す。

（二）国民意識の昂揚……朝鮮文化人全体が常に国民意識を以て物事を考へ且つ書くやう誘導す。特に盛上がる国民的情熱を主題に取り入れるよう留意す。

（三）国民士気の振興……新体制下の国民生活に相応しからざる悲哀・憂鬱・懐疑・反抗・淫蕩等の頽廃的気分を一掃すること。

（四）国策への協力……従来の不徹底なる態度を一擲し積極的に時難克服に挺身す。特に当局の樹立せる文化政策に対しては全面的に支持協力し、それが個々の作品を通じて具体化するよう努む。

（五）指導的文化理論の樹立……変革期に遭遇せる文化界に指導的原理となる文化理論を一日も早く樹立すること。

（六）内鮮文化の総合……内鮮一体の実験的内容たるべき内鮮文化の総合と新文化の創造に向ってあらゆる知能を総動員す。

（七）国民文化の建設……總じて雄渾・明朗・闊達なる国民文化の建設を最終目的とす。

日本帝国主義の国策を「朝鮮」全域に広めるために日本語で熱誠的に書け、というのである。まさに「韓国（朝鮮）文化・文学滅亡論」であるが、これを権力的に指導、推奨、指嗾、誘導、激励したのが日本人だった。韓国人研究者によれば最も悪質だったのは京城帝大法文学部教授で朝鮮文人報国会理事長の辛島驍と、緑旗連盟主幹・国民総力朝鮮連盟宣伝部長の津田剛だったらしが、私はこの二人を知らない。「悪質な文学者」には佐藤清・則武三雄・田中英光の三人が挙げられている。私は佐藤清、則武三雄をよく知らない。佐藤清は、『国民文学』の主宰者・崔戴瑞が最も尊敬していた京城帝大時代の師であり、戴瑞を先端的皇国イデオローグに訓育した人である。師を称える文章は多いが、ほんの一例のみ引いておこう。

『国民文学』掲載（第二巻一〇号、一九四二年一二月）にあるかなり長文の「詩人としての佐藤（清）先生」の末尾部分である。

「永く後進に取つて教訓と鼓舞とな」り、「朝鮮文学が今後日本文学の一環としてその独創性が問題にされる度に、先生の詩は必ずや想されるであらう。」「半島の皇民化運動が大規模になればなる程、一人一人の霊魂的結合はその重要性を増してくるのである。戦争がいつ果てるとも知れず又半島にも将に徴兵制が布かれようとする今日、先生の最も切なる願ひは、内地人（引用者注：朝鮮人との区別のため日本人のことを内地人といった）の一人一人と半島人の一人一人とが、崇高純潔なる理念の世界に於いてしつかりと結び付けられることで」、「この切々たる祈願の声がおごそかに聞こえて来るのである」とある。前章で引用紹介した『東北近代文学事典』にも同様のことが書かれているが、京城時代は、「『国民文学』に発表の場を拡げ、朝鮮文人報国会会員および理事となる。昭和二〇年に京城で定年退官を迎えるまで、約二十年間、朝鮮と日本を往復する生活を送った」とあるだけで、朝鮮文人報国会について無智である。佐藤清は敗戦（朝鮮にとっては解放）後帰国するや、東洋大学英文科教授となり、四九年からは青山学院大学教授となっている。

没後、教え子たちによる「佐藤清詩集刊行会」から『おもとみち』（昭和三五年晩秋）と『遺稿詩集』（昭和三六年）の二冊がまず刊行され、『おもとみち』の「あとがき」には、詩集刊行準備中の急逝を惜しみ、「その強靱な精神が、この高齢を無視して、高らかに、生き生きと躍動していたことは、ここに収められた作品が何よりもよく語っている。氏は、七十五年の生涯を、詩人としての険しい道を、苦しみ、歓び、闘いながら生き抜き、死の最後の瞬間まで、休むことなく、衰えることなく、前進してきたのである。」「あの白熱した詩魂は、残された作品のなかにいつまでも輝やき、必ずや読むひとの心をゆさぶり、不滅のいのちを生きつづけるであろう」とある。

さらに一九六三年秋には編集委員会の手によって刊行された『佐藤清全集』全三巻の「あ

とがき」に、細密な「詩作年表」と「年譜」を付した事で、「先生の詩人としてのもっとも重要な業績は初めて全部を網羅することができ、現代詩史上における詩人佐藤清の位置が、将来これによって正しく評価されることを期するものである」とある。「詳細な詩作年表」というが『国民文学』登場二八回（うち、八回は著書広告）が検証されず、四作と書評的文章二編のみしか記載されていない。全集刊行委員たちは『国民文学』原物を見ていないようだ。当然、彼が戦時下、日本帝国主義の優秀なプロパガンダを果たした戦争犯罪者だったことも知らない。佐藤清の『国民文学』掲載作の詩から一編「学徒出陣」を（第三巻第一二号、昭和一八年一二月）紹介しておこう。

天を蔽ふもみぢの中、
まだ青い雑草を踏んで、
一千の学徒は歌ふ。
征くもの、残るもの、
たぎる血をしづかに抑へ、
決河の如く、はげしい思を、
しばし校歌に托して歌ふ。

国難のために、
血と魂をさゝげ、
国難のために、
青春を燃やしつくすものよ、
これを知れ、
国に死ぬは生きることであり、
真に生きるとは国に死ぬことであるを。

だが、雄々しいきみたちの背後には、
きみたちの親、兄弟、姉妹、
親戚、友人、知人がかさなり立ち、
其の燃ゆる思は、
きみたちの行くどんな所へでも、
きみたちを追ひゆき、
決してきみたちを見失はぬであらう。
それればかりでなく、

目に見えぬ霊の手はきみたちをさがし求め、
きみたちを強くさゝへるであらう。
英霊はきみたちの前途を祝福し、
きみたちの祖先の霊は、
きみたちの魂をふるひ立たせるであらう。
霊の世界は、
きみたちの楯となり、剣となるであらう。

三千年の歴史は
今きみたちの中に生きかへり、
きみたちは幾億万の
祖先の霊と同じ呼吸をしてゐるのだ。
今こそ生と死の世界は一つとなり、
三千年は一刻の中に実現してゐるのだ。
征けよ、征け。
きみたちの背後には、これらの力が

雲の如く充満して声援してゐるのだ。

勇ましく、しかも乱れず、
激しく、しかも静粛に、
征けよ、征け。
お、、我等の愛するものたちよ、
そしてきみたちの青春を
惜しみなく燃やしつくせ。

（十二月五日、城大〈引用者注：京城帝大のこと〉・回春苑にて）

これが優れた詩人の優れた詩と言えるのか私にはわからない。陳腐な煽りとしか思われない。この詩に納得、感動していわば他国（日本）のために殺し、殺されにいけただろうか。霊が守ってくれるなら佐藤清自分で行けばよい。韓国（朝鮮）人に徴兵制度が布かれて若者が日本兵として戦場に赴くのを教職の身で「征け、征け」と煽る残酷さに私は身震いする。

四巻一号（一九四四年一月）の巻頭言、これは佐藤清の愛弟子で思想的訓育をうけた崔戴瑞の筆によると思われるが、「翻つてわが朝鮮の現状を見るに、曩《ここ》に特別志願兵制度の発布により半島出身学徒の総蹶起があり、今年よりは愈々徴兵令の実施を見る。皇恩の広大無辺なる。半島二千四百万民衆も茲に大東亜建設の第一線に傘下し得るの光栄を担うたのである」の一文がある。今を生きる日本人の私は言葉を失う。

詳細な「年譜」には、昭和一六年（五七歳）の一一月に「京城に在って、月刊『国民文学』（崔戴瑞編輯、人文社）に詩及び詩論その他を引き続き発表。昭和二十年二月まで続く」とあるだけである。佐藤清は、戦後、京城での己の果たした犯罪性について深く反省、慚愧しただろうか。その形跡は見当たらない。戦時下の言動は黒塗りされたまま。彼は戦時下の許し難い犯罪を知らぬ学生たちに尊敬されていたらしい。

則武三雄についてもそれは言える。韓国の研究者から「悪質」の筆頭に挙げられている日本人の一人だが、詩人の彼は平安北道警察部の職員だった。「海戦」と題した詩（三巻一二号、昭和一八年一二月）の最後の方だけを参考までに引いておきたい。

水と空　相分かたねば遁《のが》れえじ／百千のくろがね砕け／讐《あだ》多く波にのまれぬ／レンドバはなれの奥津城　波は重くひるがへり／波は重くひるがへり」「戦ひは幾刻なりしか　水と空相亘り／戦ひて戦ひはてつ／戦ひて戦ひ捷ちつ　八束穂《やつかほ》の足穂《たりほ》の　美穂のすめぐにに／障《さ》やる黒雲八千潮に撃拂ひしが／見かへればわが友故《な》し」「戦ひて戦

ひ捷ちつ／戦ひて戦ひはてつ　任終へて荒雄らはかたみに空に擁《いだ》きしが／機は機と翼交《つばさまじ》へしが／かへりみればわが友故《な》し／誰かは凱歌を奏すといふ／あまぎらふ　群島の海　波重くかへりみれども波白く」「海は再び真蒼にかへり／しこのいくさの砕けし跡かたさへや　レンドバの海」

韓国（朝鮮）人の皇民化へのプロパガンダになっている。則武は、戦後、戦時下の韓国（人）に対しての「悪質」さぶりを問われることも、自省・懺悔もなく、ふるさとの功績者、優れた詩人として福井県で顕彰されている。「ふるさとのゆかりの作家シリーズ」の一冊として『則武三雄と北荘文庫』が出ている。ここに記載された略年譜によると、一九〇九年鳥取県米子に生まれ（本名は一雄）、二九年、一九歳時に朝鮮に渡って総督府嘱託（これが平安北部警察部職員という身分なのだろう）となり、三好達治を生涯の師とした。四五年帰国。四六年に三好達治の招きで福井県坂井郡雄島村に移ったが以後三国に永住。五〇年、福井県立図書館職員となり、翌年、北荘文庫を設立、福井県立図書館を定年退職後福井工業大学付属図書館職員を七四年まで勤めた傍ら、数多くの詩集を彼自身の設立した北荘文庫から出している（いわば自費出版）が、福井の文学・文化発展に寄与した功績によって、福井県文化賞（一九六四年）、文部大臣表彰（八六）を受けている。没（九〇）後、東尋坊に則武三雄詩碑建立、毎年、偲ぶ会が行われ、九八年以後は「葱忌」として継承されている、とある。生涯を称えた紹介文の在朝時代については、「十九歳で朝鮮に渡り、約十七年間を過ごす。朝鮮総督府に勤務しながら、満州国と朝鮮の国境を流れる鴨緑江を背景とした文学活動を行う」とあるのみである。ここには写真入りで「則武文学に出会える場所」として、「みくに龍翔館」「則武三雄詩碑と葱忌」「円山公民館　則武三雄文学記念コーナー」「大東中学校校歌を作詞」が載っていて、彼の韓国（人）に対する犯罪は黒塗りされたまま、まさに郷土の有名人として顕彰されている。

田中英光の戦時下と戦後

私が学生時代、尊敬していた「偉い」先生の多くのとんでもない戦時下の言行検証は別の機会に譲り、田中英光に的を絞って、戦時下と戦後を検証することにしたい。芳賀書店版『田中英光全集』全一一巻の「解説」執筆者は誰も『国民文学』はじめ『京城日報』や『緑旗』の原物をしっかり読んでいないように思われる。本稿執筆に当たって、現段階では『緑旗』と『京城日報』は未見であることを断っておきたい。

多くの評者は英光の生涯を〈青春〉〈思想〉〈頽廃〉と分類しているが〈思想〉は〈戦争〉

と置換可能ではないだろうか。青春期を代表するのは出世作かつ代表作の『オリンポスの果実』だろう。この作は「清新」「爽快」な「瑞々しい恋愛を描いた青春小説」と位置づけられ、「永遠の恋人（エターナル・ラバー）」をキーワードとして読まれているが、私にとってはそれほど面白い小説ではなかった。オリンピック選手ってこういうものか、という知識を得られたくらいで、清新・爽快な瑞々しい恋愛が描かれているとは感じられず、英光自身が英光の性情について述べた名誉欲と女と酒の問題が早くも垣間見られる作品である。結びの一句「あなたは、いったい、ぼくがすきだったのでしょうか。」に私は「いいえ」または「別に」と答えたくなってしまう。

頻出する六尺二〇貫は、一八〇センチ、七〇キロで、今では珍しくもないが当時としては大男だったのだろう。体格のよさを見込まれて早大クルーの選手に選ばれてオリンピック出場（予選で敗退）は彼にとって宝の思い出だろう。途上の船中で知り合った走高跳びの選手相良八重（作中の熊本秋子）に恋情を感じたのだろうが、これは一方的なもので彼女に積極性はみられない。中途半端な「片思い」小説ではないだろうか。有名作家を夢見ながら戦場にあっても小説から離れられず復員後すぐに書きおいたオリンピック出場体験を素材とした「杏の実」を読み返して、私淑、親炙していた太宰治に送り、太宰によって「オリンポスの果実」と改題されて太宰の世話で『文学界』に載り、それが幸運にも池谷賞を受賞して作家登場を果たしたのだった。英光にとって太宰は憧憬の作家と言うだけでなく大恩人でもあった。

この作品には栄光の青春時代が描かれていることはたしかだが、敗戦後のまだ混乱が続いていたなかで書かれた「わが清春彷徨」(『新潮』四六年一〇月)には、「悪夢のような戦争時代は私の眼前にあつたものはたゞ頽廃と諦観と絶望だつた」とあり、「酒と女の世界に逃げだしたあとでは、いつも悔いと苦しみにきりさいなまれながら」、「肉の欲望には負けやすく他人の金を使つてまでも、のめりきつたやうに遊びつづけたかつた」とある。その一方で、「私たちの時代の青年少女からみのりきつた青春を奪つたものは、軍部であり官僚であり財閥であり」、「日本の天皇そものだとおもふ。」「一人の天皇のためには何百万の人間の生命を捧げるのが正義だと強ひられとき、私は天皇の本質」を「はつきりと知つた」ともある。そして「私は生命を賭して、すべて奴隷として生きるのを好まぬ全人類と共に戦つてゆきたいと思ふ」、さらに、「人類を死と暗黒の方向にひき戻す、保守反動の権力とたゝかへるだけの力が自分のうちにもそなはつてきたのを知つた。これを私は自分の青春とよびたい」とある。この年三月に共産党に入党していることから、「保守反動」と戦おうとの覚悟に嘘はないだろう。

敬愛する兄の影響で共産党のシンパとして党活動に熱中したのは二十歳の時だったが、

戦後（四三年三月）、決意新たに入党した半年後にはアドルムやヒロポンに毒され、鯨飲するようになっている。こんな意思の弱さで「保守反動」と戦えるだろうか。共産党からの正式離党は四七年四月で、たった一年ほどでの脱落である。アドルム三百錠を一升の焼酎で飲んで手首を切って太宰の墓前で死んだのは四九年一一月なので、戦後作品は離党を挟んでの短期間のものである。そこで、今更ながら英光の略歴をお浚いしておきたい。

早稲田大学を卒業した一九三五年は就職難の時代だった。軍需会社だった横浜ゴム製造株式会社に就職して朝鮮京城の同社出張所勤務となり営業担当となる。三七年二月、韓国在住の小島喜代と結婚。七月一六日、補充兵として召集。教育訓練を受け一二月一三日、一等兵に進級して除隊。三八年 七月一日、本格的な応召で中国山西省南部山岳地帯の最前線に送られる。八月一〇日、呉王渡で戦闘。一〇月一五日、長男誕生。一二月、慰安所で得たトリッペル（性病）で陸軍野戦病院に約二ヵ月入院。三九年一月一六日、上等兵に進級（六ヵ月間の兵歴で上等兵に昇進は彼が優秀な兵士だったからだろうが、除隊時兵長に進級できなかったのは性病による二ヵ月入院という「不名誉」の為だろう――安田武――という）。

二月、「鍋鶴」を書き上げ太宰に送る。下旬、原隊に復帰し呉王渡に駐留。四月、「鍋鶴」が『若草』に載る。「杏の実」はすでに書かれていた。四〇年一月五日、伍長勤務上等兵となって復員し、職場に復帰した。三月、会社が慰労の意味から東京の支社勤務にしてくれる。『オリンポスの果実』と太宰によって改題された「杏の実」が池谷賞を受賞、賞金五百円を貰う。四一年二月、京城出張所に復帰し、戦争体験小説を書き始める。二月一四日、次男誕生。四二年、朝鮮文人協会で活動。一一月、東京で開催の大東亜文学者大会参加の文学者たちを迎えに行き京城で歓迎懇談会開催に関わる。一二月、東京転勤となり帰国。四四年、戦局悪化で家族を静岡に疎開させ、自分は東京に残って執筆。一〇月、青年工員と血書嘆願し、勤労報国隊として工場に入る。四五年四月、工場が空襲で焼失。八月四日、疎開先の甲府から帰郷していた金木町の太宰を訪ねる。一五日、敗戦で終戦。九月、工場再建の人員整理で退職となる。

四六年、原稿売り込みに奔走。三月、共産党に入党。党員活動。八月八日、三男誕生。アドルム、ヒロポンを服用。四七年四月、共産党を正式離党。十月下旬、山崎敬子を知り、彼女の家で「酔いどれ船」を書く。一二月九日、敬子を連れて下連雀の太宰を訪ね、山崎富栄と会う。結果的に太宰との最後の面会となる。四八年、生活費、酒、カルモチン、女のための金欲しさから大衆娯楽小説を書きまくる。六月一九日、太宰の遺体発見される。衝撃からウイスキーとカルモチンを大量に飲んで卒倒。四九年四月、薬物中毒で入院。退院後も薬物服用。五月二〇日、敬子の腹部を包丁で刺す刃傷事件を起こして逮捕、拘留され、拘置所で自殺をはかり松沢病院に入院。一一月三日、太宰の墓前でアドルム三百錠を一升の焼酎でのみ、手首を切ったのを発見されたが死去。置かれていた『太宰治全集』への書き込みから自殺だったとされる。

この間の主要作品を羅列してみよう。

「鍋鶴」(『若草』一九三九年五)、「姑娘の聖歌」(『オリンポスの果実』所収、四一年五月)、「鈴の音」(『われは海の子』所収、四一年五月)、「雲白く草青し」(『文学界』四一年六月)「月は東に」(『国民文学』四一年一一月)、「呉王渡(『国民文学』四二年一一月)、「黒蟻と白雲の想ひ出」(『国民文学』四二年四月)、「ある兵隊の手紙」(『雲白く草青し」所収』)、「志願兵の奮戦」(同前著)、「山西省の桜」(同前著)、「昔の家」(『新潮』四四年一二月)、「戦場にも鈴が聞こえていた」(『桑名古庵』収載四七)、「戦場で聖歌を聞いた」(『新小説』四六年三月)、『愛と青春と生活』(富国出版社、四七年三月)、「地下室から」(『季刊芸術』四八年五月)、「酔いどれ船」(『綜号合文化』四八年一一月)、「さようなら」(『個性』四九年一一月)。以上が生前発表作。没後発表の主要作には「奇妙な復讐」(同書、四九年一二月)、「戦場で聖歌を聞いた」(『別冊文学の友』五〇年四月)、「野狐」(『小説春秋五七年四月』)など。

英光の軍隊勤務期間はさして長くなかったが、八路軍のゲリラ掃討戦は激戦だった。全集第三巻所収の島田昭男の「軍隊関係記録」によると、三八年は、敵の遺棄死体約一五〇〇人、日本軍なし。三九年は、一月、遺棄死体二五〇人、三月は遺棄死体約七〇〇人日本軍六名、六月は遺棄死体七三〇人、捕虜六三人、八月は約一万、捕虜六六人、日本軍一二人、一〇月二二二〇人、捕虜一〇七人、日本軍一五名、同月、一万八〇五七人、捕虜二一三四人、日本軍三〇六人とある。仕掛けた側だったので日本軍が断然優勢だったのだと思われる。英光は勇敢な兵士だった。死んだかも知れない激戦を経て帰還後に英光の本格的作家開始となる。それは同時に女と酒と名誉欲の生活となっている。結婚後、教育訓練の応召から帰り、再召集の約半年の間に中編「時々刻々」を書き上げ、「杏の実」を書き始めている。以下、戦時下の英光の作品を概観してみよう。

「なべ鶴」(原題「鍋鶴」)は再度の召集で最初の戦闘体験となる山西省臨晋で書かれている。戦線にあって書く余裕があったのだろうか。太宰の推薦で『若草』に載った戦争小説である。中国(支那)人の死体に何の感興も湧かず、捕らえた良民に相撲を取らせて勝った奴から帰してやると戦場での気晴らしにする。一人の体の大きい中国人に勝つ者はいない。ずば抜けて大きい英光に投げ飛ばしてやれと唆されて力一杯ぶっ飛ばすと、相手はグキッと腰骨を打った音をさせて土埃をあげて倒れた。「臭い百姓」をいじめる遊びを止めて、折良くやってきた大行列の結婚式を眺める。日本軍の中国人への侮蔑、差別が露骨で不快な作品だが、結語の「鍵形に整然と飛ぶその姿は切りぬいたように白く、その声はまことに甘く、まことに北支那の秋深めるを想わせるものがあったのである。」に救われるが、佳作とは言えない。

　同時期の作品と思われる「姑娘の聖歌」は戦後作の「戦場で聖歌を聞いた」と全く同じ素材である。当然後者の方がいい。次ぎに、朝鮮（韓国）で皇民精神の昂揚を掲げた日本語文学雑誌『国民文学』に発表された代表的三作品について。

「月は東に」は北支戦線でのこと。偵察斥候を命じられたぼくたちの一分隊はいくら疲れても「言霊の幸はふくにの兵」なので弱音は吐けない。昭和十三年の秋、満月に近い頃だった。大学出の同年輩でサラリーマンだったという共通性から逸村一等兵とは常に張り合っていた。久しぶりに手紙を書く時間が与えられたとき、兵の一人が「薩摩イモのイモ」ってどう書くのかと訊いたのに、逸村が即座に「艹（くさかんむり）に于」と応じたのに対して、ぼくが「違う、著だ」と怒鳴ったことからあわや取っ組み合いの喧嘩になろうとした時、竪山上等兵が間に入ってその場は収まったがその後はいっそう険悪な仲になった。

　間もなく事件が起きた。四〇〇人もの「紅槍会」に襲われ撃ち合いが始まり相手側に何人もの死者が出た。「紅槍会」とは中国の民兵だろうか。激しい戦闘の末、彼等は逃げた。「道筋の到る処に血潮が転々と散つてゐて、そこゝの戸板が外されてゐるの」は「死傷者を運んだあとゝみえ、附近の軒並にも血潮や弾痕がもの凄かつた」。その地で「舎営」をするために「家屋掃討が命ぜられ」、「虱潰しに掃討して行」くと、石門の上に金文字の頌徳《しょうとく》の篆額《てんがく》（中国の家の多くの門に貼ってある、幸福を願う赤い紙片）のかかった立派な家があった。頑丈な門を破って押し入り、猛犬を血まみれにしてなおも押し入ると、年の頃七〇くらいの老爺が出てきて号泣しながら掌を合わせて哀願する。分隊長が「敗残兵に気をつけろ」と叫んだ直後、轟然、家がゆらめき煙が立ちこめ、手榴弾の桿を握ったまま血塗れの男の死体があった。紅槍匪の先頭に立って素手のまま立ち向かってきた男だった。北支の太陽は燦爛と最後の赤光をはなって、地平線の彼方に埋没して行くところであった。逸村が「おい」とぼくの肩を叩き東の方に顎をしゃくった。黄味のなかに血をまぜたような不気味な色の月輪がのっそりと上がってくるところだった。自然の美しさに険悪だった仲がほぐれたのだろう。戦闘や徴発（侵略）の実録ものを平然と書く神経が厭わしいものの、この作品は、まあ、よくできている。

「黒蟻と白雲の想ひ出」も北支山西省の最南端での戦場実録である。厳しい戦闘で一滴の水も一粒の米もないなかでの激戦で寝ることも出来ない。ひたすら後方支援を待つ。陽は中天高くなって、狭く暑い壕内で長時間耐えねばならないのは地獄だ。ふと雑嚢に石榴《ざくろ》が一個あったことを思いだし、半分を隣の兵にやって齧《かじ》りついた。ふと見ると落としたらしい石榴の一粒に黒蟻の大群がとりついて必死に引っ張っていた。「支那」の虫には痒い思いをさせられているので見つけ次第ひねり潰すことにしていたのだが、この時の、黒蟻の大群の姿にはその「異常な美しさに強く胸を打たれた」と言う作でこれもいい。

戦線では、「血なまぐさい広漠とした戦場の上に悠々と去来する、白雲の美しさには幾度、胸を打たれたか知れない」。思い出されるのは小川上等兵のことである。国民学校を出ただけの両親はすでに亡く、独身の姉一人の、社会の底辺を苦労してきた勇気に富んだ二二歳の彼が負傷した身で、「危ないッ」と咄嗟に我が身を分隊長の前に投げ出して死んだ。戦闘が終わり当地を引き上げる時みんなで小川を荼毘にふした。「白雲一片、悠々と流れて、小川の死も、雲の姿も、ともに身にじんと染み込む美しさであつた。」が結語となる作品。兵たちが隠れる無数の大小の塹壕や「漫々と水を湛えた水濠」を「附近の農民を駆りたてゝ」「堀撃」させたことを罪意識もなく淡々と描いている。

最も長い「呉王渡」も戦場・戦闘の実録風作品である。呉王渡は呉王村のことである。ここも激戦地だった。前夜から夜明けまで歩き通しだった。二日も三日もの強行軍の後では、敵の弾よりも眠りを求めた。食料もない。友軍は来ない。饑餓と暑さに苛立つ。戦闘の合間に話し合えるのは市川だった。素封家の三男坊で兄二人は医学博士なのに彼はまだ火を消したことのない消防夫だった。皇国史観の信奉者なのにマルクシズムも読んでいて、「光栄にも戦場に出して頂」き、戦うことに「生甲斐」を感じる男でもあって、支那兵を殺した手柄を褒められてもそっぽを向き、「俺の常々悪んでゐる複雑な高級思想といふ奴」

は「甘つちよろい人道主義といふ奴」なんだ、「トロイメライが聞こえるみたいだつた」、俺は「生まれ代わりたい気がする」などとも言い、戦果をたてて賞賛されても昂奮しない奇妙な男だった。死体を残して敵が退散した後自分は、遙かに灰色に輝いた大黄河に「祖国日本」を感じ、「漸く黄昏が迫り、一段と碧み渡つた悠久の大空にも、市川の云つた『祖国日本』が肉感となつて感ぜられたのである。」と唐突に終わる。残されたたくさんの敵の死体を見ても感情が揺すられることはない。自然には感動しながら、死体には心動かぬのが兵隊なのか。

三作中、「月は東に」以外は太平洋戦争勃発後に書かれていて、戦況は既にかなり悪化していた時期だが、英光の戦場体験は激戦ではあってもまだ日本軍に勝機があった時期だったことは幸運だった。従って戦場体験の実録的要素の強い作品は優勢を誇る日本軍兵士の勇敢さは惨虐さに変換可能だが非人間的性を浮上させたものになっている。英光は戦歴の功績に対して表彰されている。除隊復員後、東京転勤となった戦時下作品をごく簡単に見ておきたい。

「雲白く草青し」は京城時代に書かれた作品だが、ゴム製品会社の営業活動を回想したものである。知らない土地を歩くので道を訊いたりしながら汽車の時間待ちに入った料亭で、そこの姉妹と時間つぶしに遊んだりしている。支那兵を八百も殺したとウソ話をしながら、ふと見ると日の丸がはためいていた。「この旗のもと我死なん、これは日本人の信仰だ」と安心して辞そうとすると、姉妹が歌ってくれたのは「愛馬進軍歌」だった。姉妹は汽車が動き出すまで去ろうとせず見送ってくれた。真っ暗な亀城邑はすでに何も見えなかったが「空を仰ぐと、明団々たる一塊の銀盤が山の端からのぼるところであった」という作品。嘘かまことか。

帰国後に書いた「志願兵奮戦」は辛い。共産八路軍殲滅の激戦時のことだが、隊の中にいた「半島同胞二千四百万の中から選ばれた、特別志願兵の第一回卒業生金文雄」という真面目な韓国人一等兵がいた。輜重《しちょう》隊（重い荷物を運ぶ役目の隊）は二等兵が多い。本隊にいれば最下等だがここでは上位なので彼は嬉しいのだ。高木二等兵が馬の手綱を持ったまま深い激流の河に落ちた。軍曹の命令で助けに入った金は高木もろとも流され敵の弾に当たって意識を失った。気付いたら高木を抱いたまま浅瀬に打ち上げられていた。隊に帰る道を模索していた麦畑で支那兵五、六〇人がいて、一〇人くらいが苦力に変装しているのをみる。一方、軍曹は河に消えた二人には構わず、二〇名足らずで百名を超す大部隊を掩護する責任から付近の民家から苦力用の男を捜し出し、鍬やシャベルも民家から徴発して道路の修理をさせていた。道路工事の進捗ぶりを見に行こうとした軍曹に、あの苦力は八路軍の便衣で味方と連絡を待っていると囁いた男がいた。金だった。手榴弾が投げられ高木は死んだ。

　争って逃げる苦力の中に素手で飛び込んだ金は何発もの弾を浴びた。彼は死体の高木に話しかける。今の「ぼくの心にはただ日韓併合の際の御詔書のなかの大御言がきらきら光って浮かぶだけです。／民衆ハ直接朕カ綏撫《すいぶ》ノ下ニ立チテ――／その御言葉を思い浮べると、ぼくは今こそ陛下の股肱《ここう》として死ねるんだ。恥ずかしくない大声で、天皇陛下万歳、を唱えまつることが出来るんだと思うと嬉しい。高木さん、さあ、一緒に叫んでください。／天皇陛下万歳！」。この後に作者の「こうしてかれ金文雄は護国の鬼となったのでありました」で作品は括られる。何とも辛く痛ましい作品である。皇民教育の犯罪性が露わだが、作者にその認識は読み取れない。

『国民文学』掲載の英光の発言には、「朝鮮人」の日本軍への徴兵が奨励されている。「山西省の桜」は複雑だ。帰還して三年になるが時折思い出すのは戦友の墓のことだとある。戦友の死は「靖国神社にその荒御魂は合祀《ごうし》を賜わっているに違いない」が、死んだその場所に心が留まっているように思われて、死んだ兵士たちの卒塔婆をどんな山の上、谷の底、人跡離れた僻地でも建てるのだった。

　思いだされる酒井上等兵は、大学出で文学・タバコ好き、歳も同じ二六歳で彼とは特別仲が良かった。ぼくが早々に熱病にかかって高熱を発した時、なにくれと細かい思いやり溢れる看病をしてくれたが、部隊に追いつく三、四日前から今度は酒井が猛烈な下痢症状を起こして見る間に痩せ細り形相も凄まじくなったが、部隊は猛スピードで南部粛正戦の真っ最中だったので、病身の酒井も不眠のままで炎熱の平野を早朝からぶっ通しで歩いた。酒井は倒れそうになっていたが離れようとはしなかった。「軍旗が出座し給うて『捧げー銃！』の厳粛な一瞬が流れ、遙々この御旗の跡を慕いまつってきて、山ゆかば草むす屍、この御旗の辺にこそ死なめと、各々がその決意を新たにするとき、さすが咳ひとつするものもなく、場内水を打った森厳さであったが、やがて軍旗が退座し給い『休めッ』の号令がかか」った時、騒ぎが起こった。倒れたのは酒井ではなかったが、『彼は』もう肉体は死に、魂だけで生きているような」状態だった。その後は夜襲戦の多い果敢な戦闘が続いたが、小休止の時、酒井が流弾に当たって死んだことを知った。彼は大学卒業後リンゴ作りをしていた。好きなものは山は富士、花は桜と言っていた男だった。

八ヵ月ほど経ってまた討伐に向かった。戦闘地は鎮風塔だった。酒井の戦死の場所だ。塔の裏手に回ってみると、「酒井上等兵戦死之処」と書かれた黒く汚れた卒塔婆が立っていた。凝然《ぎょうぜん》と立ちつくした。支那の山には桜がない。桜のないのは気の毒だが、なんとも素晴らしい景色の処で死んだじゃないか、と声をかけた。これはいい作品だ。

「ある兵隊の手紙」は、今、北満の守りについている友人からの手紙である。前作となぜか同じリンゴ園で働いていた二七歳の独身で、東大卒の熱心なトルストイヤンだったが将来は作家になることを夢見ていた。作品はその彼の手紙で構成されている。友人からの手紙の丸写しの体裁ではなく、作者自身の心情吐露になっている。四通目の長文の手紙は日本の一流総合雑誌に載った小説を読んでの怒りの表白になっている「御時勢への阿諛《あゆ》、追従、便乗、色目等々の他」には何にもない戦争文学ではないか、と批判は厳しい。「戦地に来て、初めて個の生命の美しさ、殊にそれが国家に捧げられるときの唯一無上な美しさに思い当たりました。その美しさが判らぬ戦争作家よ、戦争小説を書くな、立派な戦争をしている日本の恥だ、とぼくは怒鳴りたい。ぼくはいまこそ便乗作家たちを蛇蝎《だかつ》のように憎む。」とあって、この手紙には戦地に取材した作品を書いてきたぼくを慚愧《ざんき》させたとある。

最後の次の手紙はさらに長文だ。十二月八日の宣戦の大詔を「零下三十余度の凍った空気をりんりんと振るわせて」「金色の大御言を謹聴し」たが「思わず肩の辺がぶるぶる波打って震えがとまらな」かった、この「優れたる国に生まれた幸福を、今つくづく感じて」いて「たとえ犬死にをしても日本人として死ねたら満足だと思います。米英よ、糞食らえ。日本万歳。」で結ばれた、まさに皇道精神を露呈した作品である。手紙をくれた友人、その彼に手紙を送った彼の友人、この両者の手紙は英光によるフィクションだろうか。三者ともに時勢に対して批判や不安、懐疑などみじんもない皇道精神の塊の者同士ではないか。

「昔の家」は東京に転勤後、会社が軍需工場に指定された時、青年社員一〇名と語らって、いわゆるデスクワークではなく直接生産に携わる現場工員となることを希望して「血書嘆願」を社長に出して認められ、国策の増産に直接寄与した話だが、その行為を独善的と批判されると「ペンをハンマーに代え現場に飛び込む」ことの重要性を批判社員向けに書いたのだが、これも「嘆願書」も「私が書いた」と明記している。一〇人は会社の江ノ島にある錬成道場で訓練を受けたが、野戦で一〇里、二〇里の強行軍を体験してきているのでここでの訓練などは「屁の河童」だった。道場は、七歳の頃から住んでいた家が近くだったと気付き、行って見る。古ぼけていた昔の家はたしかにあったが、感傷は湧かなかった。「私は大声で軍歌を怒鳴りながら」仲間のもとへ戻ったというもので、これは翼賛小説の部類だろう。

京城勤務から東京に転勤となったのに際して発表した体験談「朝鮮を去る日に」(『国民文学』四二年一二月)に、朝鮮には二、三年の滞在予定だったのに約二年間に二度の軍隊体験を挟んで、「京城娘を嫁に貰ひ」、「男の子まで二人できた」八年を暮らしたことになり、京城が故郷のようにも感じられるとあるが、ここにはむしろ、サラリーマン生活より作家田中英光の根生いの地としての感慨深さがしのばれる。この文章によると、京城に来て、第一に紹介されたのが『京城日報』の学芸部長の寺田瑛で、彼の紹介で朝鮮文人協会に入り、会社関係の人の紹介で『緑旗』に、寺田の引き合わせで『国民文学』にと拡がっていき、『国民文学』の主宰者崔戴瑞や李光洙（香山光郎）はじめ、寺田による紹介で京城帝大教授で朝鮮文人報国会理事長の辛島驍その他、朝鮮文壇における著名人との知遇を増やしていっていることがわかる。

総督符の下部機関である警察部の職員だった則武三雄は以前からの知己だったことで重宝な存在だった。交流未だ浅く、社会的地位の上位の人たちに気軽に話せぬことも則武には無礼講でいられ、英光の生活から切り離せぬ悪所通いまで細かく案内してもらっている。京城には英光の意志ではなく勤務先の社命によって来たのだが、名誉・自己顕示欲の強い性情から、とりわけ文壇関係の著名人との交流を深めることに意欲的だったように思われる。その人たちは皇道精神の昂揚のプロパガンダを努めた文学者集団中の最も「悪質」な人たちだった。

朝鮮を去るに当たって朝鮮文壇に残した言葉の第一は、「半島の文学の行く道は、最早明瞭であつて、大きな意味での日本文学の一翼を成すべき方向に進むべき事と、第二にその為には諺文文学を揚棄して、一日も早く国語文学一本建となるべき」で「唯一の文藝雑誌『国民文学』の推進力に甚だ恃《たの》む処多」く、崔戴瑞氏、金鐘漢氏の「堂々たる御奮闘を祈つて止まない」であった。同誌の「大東亜戦争一周年を迎える私の決意」には、「詔勅にも『衆庶ハ各々其ノ本分ヲ尽シ』と仰せられ」「億兆一心で一生懸命になつて」「努力」したいとある。帰国後、『国民文学』に寄せた「忘れえぬ人々」（四三年一〇月）には「人間生死の段上にあつて、真に、忘れえぬのは、大君であり、親であらう」ともある。

以上、戦争下での作品は日本帝国主義の走狗という以上に皇国イデオローグとしての機能を積極的に果たしていたことは否定できない。

では戦後に書かれた戦争小説にはどのような変化が見られるか。「戦場にも鈴が聞こえていた」は心に残る作品だ。重い装具を背負い五日も六日も降り続いた雨の中を空腹を抱えた「ぼくたち」は民家や中国人を見ると「命令も指揮もなしにどッと我勝ちに飛びかかって、食えそうなものは何一つ残さず徴発」した。度を超えた疲労から足を滑らせて前にのめると百足行列は総倒れになり、谷に落ちるとそのまま戦死とされた。または、進む行列が深く早い谷川にはまり、悲鳴を上げながら流されていけば、それも戦死となった。家があれば略奪を小隊長が先になって行い、「山間の部落はぜんぶ焼けとの部隊命令が出ていたので、兵隊たちは持参してきた石油をかけて家々に放火した。火の中に繰り広げられた光景は地獄だった。ぱちぱちと弾ける小雨に打たれてころがっている何人もの良民の死体。纏足した老婆や子どもの死体もあったが兵隊たちはそれらには無頓着で、放火の熱で暖をとり、濡れた服を渇かしたのだった。飢えと疲れから「獣」のようになっていたぼくも、流れ出す血潮でぬかるみになっているそこに、子ども服や半焼けの本や帳面やまだ新しい刺繍のされた女の靴などの散乱を汚いとしか感じなくなっていた。近くでりんりんと鈴の音がした。好奇心に駆られて行ってみると親子の馬だった。鈴は子馬の首に付けられていた。

別の行軍の時では、突然ゲリラの奇襲に遭うことがあった。そこは五〇戸ほどの小村だった。住民たちは慌てて逃げた。八路軍は殲滅したとの情報が入っていたので安心してだらけきっていた。その時、「あそこにいるのは敵と違うか」と言う者がいて見ると、山道を一般市民の服装の男がすたすた歩いていた。西山上等兵が「五両で賭けるか」と言い、横井一等兵が「よっしゃア」と応じて、西山が撃った。人影はばたりと倒れた。射的屋で的の人形を倒した得意顔だった。と、その男がむっくり起き上がって山を駆け下りていったのを双眼鏡で位置を確かめて撃った。良民だろう男は死んだ。西山は横井から五円受け取った。銃声に怯えたらしく男が茂みから這い出してきた。百姓です、百姓ですと地面に頭をこすりつけて哀願する農夫の財布を西山はもぎ取った。またの日の激戦で、敵に多くの死者が出た。戦闘が終わって食事にかかっていた時、近くで鈴の音がした。腹部を血だらけにして死んでいる母馬の乳房にすがりついた子馬の首の鈴の音だった。

戦争体験小説は京城での発表作より、帰国後に書かれたもののほうが戦争の残酷さ、とりわけ日本軍の中国の無辜の民への略奪等侵略の実態がやや詳しく書かれているが、それに対しての英光の批判心情は文脈から嗅ぎとろうと意識的努力をして嗅ぎ取れる程度である。

戦争に取材した作品以後は「頽廃」ものが多い。書き下ろし長編『愛と青春と生活』（富国出版社、四七年三月）は、英光が就職した京城の出張所時代を結婚事情を絡めた後の頽廃ものの代表とも言える「野狐」に繋がる女と酒の世界を回顧的に描いた私小説とも言える青春小説である。もっとも、「青春」と呼ぶには薄汚なすぎる。戦後文学の代表作は『酔いどれ船』（小山書店、四九年一二月）だろう。四二年一一月に東京で開催された大東亜文学者会議に出席者の一行を帰途京城で迎えて朝鮮文人協会と交歓した様子が書かれていて、戦時下朝鮮文壇の裏面史的要素を持ち興味に富む。

日本帝国主義の侵略の表徴とも言える『国民文学』を中心に据えて、皇国イデオローグの機能を積極的に果たした犯罪者日本人、わけても田中英光に的を絞って、戦中・戦後の歴史を辿るのを目的としたが、本章では果たせていない。『愛と青春と生活』および『酔いどれ船』をジェンダーで読む作業は次章に譲る。

第二章

日本人文学者の躍進ぶり——田中英光を中心に

『田中英光事典』掲載の「年譜」昭和二一（一九四六）年に、「戦時下には書けなかった戦争体験や告発的文章を執筆する」とある。戦時下では書けなかった戦争批判や告発が四六年前後になされているかを検証する前に、既稿では未見だった全集未収録の『国民文学』と同性格の『緑旗』と『京城日報』掲載文について、簡単に触れておきたい。

『緑旗』との関わり

『緑旗』は京城で一九三六年一月、緑旗連盟から創刊され、四四年一二月まで刊行された雑誌で、四四年三月から『興亜文化』と改題されている。この雑誌は『傷痕と克服』の著者金允植に「日本国体の精神に則」る民間の日本人主体の「総督府御用団体」で「当時の朝鮮文学界に猛威をふるった」と紹介された団体であり雑誌であるが、「猛威」の権力者が緑旗連盟主幹でかつ国民総力朝鮮宣伝部長を兼務した津田剛である。

津田剛は東京帝大理学部卒の化学者で京城帝大予科教授の津田栄の弟である。津田栄は学生時代から日蓮宗信者で、田中智学が主宰する「国柱会」の活動を朝鮮に根付かせようとした運動が緑旗連盟設立のそもそもの原点だった。この雑誌に『日本浪漫派』の保田與重郎や浅野晃らが執筆しているのも頷ける。因みに、宮沢賢治（一九三三年九月没）も国杜会での草履取りも厭わぬとまで言って心酔していた（もし、戦争下をずっと生きながらえていたら戦争使嗾者になった可能性が大きい）。智学は「八紘一宇」を唱えた人である。骨絡みの皇国イデオローグに佐藤清によって教育された『国民文学』主宰者崔戴瑞が到達した結論は、日本精神の象徴と考えた天皇帰一と八紘一宇だった。この一事からも『緑旗』の性格を判断することは可能だろう。

創刊号に掲げられた綱領は、以下の通り。

一、我等ハ社会発展ノ法則ニ従ヒ人類ノ楽土建設ニ寄与セムコトヲ期ス
二、我等ハ日本国体ノ精神ニ則リ建国ノ理想実現ニ貢献セムコトヲ期ス
三、我等ハ人間生活ノ本質ニ基キ各自ノ人格完成ニ努力セムコトヲ期ス」

とある。『全集』未収録の田中英光の『緑旗』掲載文を以下に羅列し、特に問題点の見られるものには要点のコメントを付すことにする。

＊「朝鮮の子供たち」（一九四一年五月）……社の営業で未知の土地に行き、目的地への道がわからず、その上、喉《のど》が渇いて閉口していた時、通りかかった水桶を担いだ小童に所望すると、「いくらでも、どうぞ」と日本語で優しく言ってくれ、さらに、仔牛を追ってきた小童に駅への道を訊くと、「鮮やかな国語」で近道を教えてくれた。その後、汽車で乗り合わせた小学生たちが、口を揃えて大きくなったら「志願兵になる」と言った

のに感動し、背後の先生の教育を嬉しく思った、とある。

＊座談会「帰還勇士と文人」（四二年一月）……出席者・帰還勇士側三人。文人協会側は辛島驍（京城帝大教授朝鮮文人協会幹事）・田中英光・牧洋（朝鮮文人協会常務幹事）・崔貞熙・盧天命。まず司会者が日米開戦で「御稜威のもと、皇軍将士の決死の奮闘」により「劈《へき》頭赫々《とうかっかく》（引用者注：初めから激しいの意）たる戦果を挙げ」、「聖戦の意義」が広く理解されたとの冒頭言に続いて出席者たちの発言には「志願兵制度」の浸透を喜び、子が日本のためによろこんで死ぬと言ったことで母を喜ばせたなどと歯の浮くようなエピソードが語られる。田中の、戦地から帰還後、電車が南大門を通る時、乗客は朝鮮神宮にきちんと直立して拝礼する姿に東京より真剣さを見て感動した、インテリは弱いと言われているが、インテリは懐疑心、我、自意識が強いので平生は態度不明確だが、「戦ひといふ我のやり場のない無我の境地」では「西郷南州の所謂『天』なのがわかってくる」ので強い、「戦争と文学」をどう考えるかの質問には、文学者は好奇心が強いから「われ見たり、勝ちたり、書きたりの気持ちが強い」と答えている。

＊詩「ある国民のある日に詠へる」（四二年三月）……四連から成る一二九行の長詩。そのほんの一部を引用する。「その朝、聞いたラジオニユウス／西太平洋決戦の電波が／その空を霹靂《はたた》きなつたその後で／午前十一時四十分／畏くも下し給はつた　大詔の／朗々

とした金色の大御言《おおみこと》が／いまなほその大空に溢れ輝いて／ゐますが如く思はれたから」（一連の一部）、「さて新しき世紀のため／日本人の世紀のため／大和民族の血潮をかけた／真の戦ひは始まれりと呟き呟き」（三連の一部）などとあって太平洋戦争勃発に昂奮しているが詩として優れているだろうか。

＊座談会「近藤春雄・湯浅克衛両氏をかこんで　半島文化の躍進をかたる」（四二年八月）……出席者は近藤春雄（ナチス文化研究家）・湯浅克衛・田中英光・金村龍済・牧洋・森田芳夫（司会・『緑旗』編集部長）。

小林多喜二や中野重治や蔵原惟人たちと信頼関係にあった優れた在日のプロレタリア詩人だった金村龍済の発言量は多い。その発言の内容には転向者の苦渋があったとしても、時局への阿《おも》りが顕著で情けない。すなわち、徴兵制には文化人もみんな喜んでいると「徴兵制」を評価し、皇民化推進には「軍隊的な教育」が必要と言い、日本を朝鮮の真の祖国として、その信念の下に自己錬成に力を注いでいるが内地人文士の認識不足が残念との発言に、湯浅が中央の文化人の朝鮮理解の不足を肯定し、田中が、「併合の御詔書」にある「民衆ハ直接朕カ綏撫ノ下ニ立チ」の「お言葉」を服膺すれば問題は氷解する、「内鮮一体も韓国併合の時の御詔書に解決の途は全部示されている」と言い、「国語常用の問題」でも国語のマスター運動を主体的になすべきと言っている。あらためて説明する必要もないが「国語」とは自国語の朝鮮語ではなくて日本語のことである。さらに、日本文学の伝統でもある「草莽の志」を半島に灯すことが必要などともある。

＊「平田篤胤」（四二年一一月）……篤胤について詳細に紹介した上で感動した点として、「（一）単純明快であつて曖昧さのない論（二）敵を打つものは先づ敵を知れと云つて外国思想をも包含する雄渾な気宇（三）宣長の善悪二元論を排して善一元論の神道を樹立した事（四）明るい日本独特の幽明観を樹立した事」の四点について長々と田中の理解を述べ、すなわち、「これまで云はれる、日本的性格とは兎もすれば、心境的な、ものゝ哀れ的な、主情的な、消極的一面でばかりありすぎた。篤胤の如き、意欲的積極的人生肯定的楽観的な思想に、ぼくたちが日本的性格を感じるのは、甚だ嬉しいことである」を結語にしている。

＊「碧空見えぬ」（四三年一月）……田中自ら命名しているように「楽屋小説」である。友人から京城日報の学芸部長を紹介された三日後、東京の作家が来て半島の文人二、三人と会うことになっているが来ないかと誘いを受け、半島文人には一人の知己も無かったので好機と出かけた。座中のなかで親近感を抱いたのは李星薫、創氏名森徹と紹介された朝鮮の中堅作家であった。もう一人は李石薫こと創氏名牧洋だった。ちょうど京城日報に「生涯の道の草」を書いたので名前を知られていて嬉しく思う。

その頃の森は諺文で書くべきか、国語で書くべきか悩んでいた。その日の座談会（「半島文化の進路をかたる」であろう）の出席者のなかで田中の興味を強くひいたのが森だった。森が伊勢の皇大神宮と出雲大社に参詣した時の感動を「なにごとの在しますかは知らねども、かたじけなさに涙ながるる」を引用しての感慨披瀝に田中は感動する。「帰還勇士と文人」座談会でも一緒になり、この頃から急速に森と親しくなっていった過程が中心に書かれた当時の田中の動静がわかる作品である。

時局便乗主義者とか御用作家とか言われると悩む森に「ぼく」は「憤然として」「御用作家で好いぢやありませんか」、「皆、お上の御用に立つ為に作品を書いてゐるんでせう。（略）日本の様に君民一体、官民一体、軍民一体の国では、皆上御一人の御為に働き、作品だつて書くんでせう。（略）天子様の御味方に粉骨砕身」しているのにと彼を元気づける。今だから言えることなのだろうが、田中英光という人物その人に軽蔑観がわき出てしまう。李星薫（創氏名、森徹）の真摯、誠実な苦悩に対してもなんて鈍感だろうか、と思ってしまう。鈍感ということは、田中英光が丸ごと戦争示嗾《しそう》者になっていたことを意味するだろう。

ある日のこと朝鮮そばに誘われたが、そばのあまり好きでない「ぼく」のためにカルビと酒を注文してくれる。彼は酒を飲まない。酔った「ぼく」が怪しげな街に誘うが彼は頑固に同道しようとせず去ったので「ぼく」は一人で行く。半島同胞に徴兵制実施の報が伝わり、「晴天の霹靂であり、曇天に日輪を仰いだ想ひ」から、すぐに『国民文学』主催で軍参謀との座談会が持たれた（四二年一一月、『国民文学の一年を語る』）が、「その席上で、日本への愛情と徴兵制の喜びを語る森さんは如何にも嬉しそう」で「碧空に太陽を仰ぐ想ひで、母国日本の躍進と共に進んでゆく半島の新しい姿を眺めてゐるやうであつた」とあるが、文脈から田中の牧との共鳴意識が透けて見られる。

ついでにこの時期の『緑旗』に登場の、謦咳《けいがい》に接したことは無いが、学生時代、以後もこんな「戦犯」であったことなどつゆ知らず尊敬の念を抱いていた著名学者の発言に触れておきたい。当時は京城帝大教授、四四年からは東京帝大教授の、日本最初の本格的法哲学者で後に日本学術会議副会長を務めた尾高朝雄である。まず彼の「日本の理想」（四二年二月）を見ていく。ここには次のようにある。

「驚嘆すべき日本の行動力の源泉」は「万邦無比の国体」にある。「日本人の国民的優秀性、忠孝両全の道徳的実践、国土環境の秀美」を「原動力」として「日本の向ふべき方向」に「国民の総力を一点に集中せしめて、偉大なる建設力を発揮」している。「日本の理想の確立」には「肇国の精神に徹すること」でそれは「八紘一宇である」。「いまや、戦局はきはめて有利に進展しつつある。戦争と共に雄大な建設が進められようとしてゐる。この共栄圏の建設、特に早くも皇軍の制圧下に在る南方諸地方の経営は、もとより飽くまでも道義の精神によって指導せらるべきである」云々と。

当時、既に京城帝大から九州帝大教授に移っていた国文学者高木市之助の「しこの御楯」(四二年三月)論は、『万葉集』巻二十に載る防人の歌「今日よりはかへりみなくて大君のしこの御楯と出立つ吾は」についての丁寧な解説である。始めに、大東亜が明け初めた「皇紀二千六百二年の劈頭《へきとう》に筆を執つてゐる」ことの「無上の歓喜」を述べ、「しこ(醜)」、「御楯」さらに「み(御)」、「かへりみなくて」の語義を詳しく説明し、父・母・妻など愛する者への執着を断ち切って、大君への絶対の帰依心から御楯となって出立つ心を披瀝した歌とある。高木の代表著のひとつ『吉野の鮎』(四一年九月)について『日本近代文学大事典』には「天皇、皇族に関するところの多い説話、歌謡の文学性の良心的な追及は、時局の圧力を凌いで推進されたものであろう」とあるが、同時期のこの文章は圧力を凌いでいるだろうか。

評論家古谷綱武は「緑旗の仕事について」(四三年九月)で、「緑旗の文化運動に、非常に関心をもちましたのはかういふ生活運動が下からもりあがつてくることが、実はもつとも大切なことだと思つたから」とあって、緑旗聯盟の出版物として「戦ふ日本の家庭」「家庭食事読本」「子供の食事研究栞」「離乳期の食餌の作り方」を挙げて詳細に紹介し、「内地の女子青年の錬成会で、これから山中湖畔へいつて参ります」で結んでいる。女子錬成会などに彼は行っていたのだ。

座談会「働く娘の幸」（四四年二月）には円地文子が岡田禎子や津田節子（経歴は未確認だが、津田栄の妹で、剛と共に登場回数が多い。その妹の津田美代子も数回の発言があり、発刊初期は津田一族が誌面構成に重要な役割を担っている）とともに出席しているが、飛行機工場で働く女性たちのたくましさに感動したと言い、「アッツ島の玉砕を聞いた時、瞬間第一にぐつと胸に来たのは、ああこれからは女の人はどんどん子供を産まなければいけないと思ひました。（略）あの古典の精神ね。一日に千人くびりころさんと、伊邪那美命《イザナミノミコト》がおつしやると伊邪那岐命がそんなら一日に千五百産屋を立てんとおつしやつたあの精神が、今この戦争の最中に輝かなくてはいけないと思」うと発言している。兵士の戦死者激増に女は子産み機機能を発揮せよと、本気で言ったのだろうか。端倪《たんげ》すべからざる古典知識をもつお嬢様育ちが言わせてしまったのだろうか。

円地は改題された『興亜文化』（四四年三月）に小説「母の火」を載せている。作家仲間が軍医として死を覚悟の出征する話であるが、そのなかに、「大東亜戦争の開始が私どもの中に、ほんとうの日本人の感情を掘り当てさせてくれたありがたさを私は日々新たにしてゐるけれど、五六年前の私たちの生活をかへりみると、一体、どんな眼で何を見、何を感じて来たのやら、恥ずかしいことだらけである」とある。特集「徴兵制実施一周年記念」

号（『興亜文化』、四四年八月）には朝鮮の志願兵が日本で受けている訓練を見学しての感想が載っているが、内地兵と朝鮮兵が差別なく対等に、厳しい規律のもとで教育されていた、「これでこそ、一人一人の青年が、大君の赤子として明く清き心に生きぬき、君の為、国の為に笑つて死に得る性格がつくられるのである。私は今この観察に於いて得た、深い信頼感をそのまま、朝鮮のお母さんたちへお送りしたい気持で一ぱいである」と結んでいるが、表層しか見ていない。

このほかに「古典物語り・萩と月――奥の細道抄」を載せている。私の大好きな作家で、高く評価していた「闌位《らんい》」の作家と位置づけられる優れた作家だけに、このような発言のあったことが何とも情けない。これらの発言について戦後、病魔に襲われたことにもよるのかもしれないが、慚愧・反省の言は見当たらない。

英光の『京城日報』との関わり

英光は、一九四〇年一月、再度の召集で激戦をよく凌いで復員し、職場に復帰した。軍需産業でもあった社は、戦場での激戦の慰労として東京支社に臨時転勤させてくれた。書き上げていた「杏の実」を持ってこの時初めて太宰を訪ねていることはすでに述べた。太宰に添削指導を受けたこの作品は太宰によって『オリンポスの果実』と改題されて『文学界』に持ち込まれ、これが池谷賞を得て作家登録され、田中の名誉欲は充たされ、さらに噴き上がった。

四一年二月、京城出張所に帰社勤務を命じられ京城に戻るが、文学活動に心が傾き、朝鮮文人協会の常任幹事となる。前掲「碧空見えぬ」に「勤め先のある友人に、京城日報の学芸部長を紹介され」たとある。名誉欲は文学関連著名人との人脈作りに連動する。学芸部長に紹介されたことで『京城日報』文化欄に「生涯の道の草」を三回連載（四一年九月二～四日、エッセー風の短文）を始めここへの発表の機会を得る。「生涯の道の草」（全集未収録）について「早稲田の露文にゐた貧乏な文学友達についての随筆」と「碧空みえぬ」に書いている。

その友人は露文科の学生時代、同人文学雑誌『非望』の仲間だった。「ぼく」はその頃流行のイズムに溺れていて（敬愛する兄の影響から共産党のシンパになったこと）、何人も仲間に引き入れたが彼はイズムには背を向けてロシア文学に熱中していた。両親を早く亡くし兄弟もなく、叔父に学資を出してもらっていたが学院の法科から露文に転じたため学資を絶たれ貧のどん底生活に追い込まれていたが、休刊していた『非望』が再刊され、送られてきたそこに彼の「この一筋に」が載っていた。「ぼく」が初めての本の出版社（韓国で単行出版していたのだろうか。全集には不載。フィクションではないか）に行っていたそこに「ぼく」の本を買いたいという電話があり、丁度著者がここに来ていると言うと電話は切られたという。電話の主は、「生涯の道の草」をただ「一筋」として一生をかけた芭蕉のように、「この一筋」を生きているらしいあの友人だった。これは好い文章だ。彼はなぜ去ったのだろうか。何となく想像できる。

検証しきれていないが、管見では『京城日報』での発言はなお、「パセパンシヤンの茶毘の煙」（四二年一月二七～二九日）、「〝葉隠〟について」（四二年三月一～四月二日、全集第二巻収載）、「半島文壇の新発足について」（四二年九月一～四日、全集第二巻収載）、「歌舞伎に就て」（四二年一〇月七～一一日）、「離鮮の言葉」（四二年一二月二～四日）がある。「パセパンシヤン」とはシンガポール郊外の丘陵の知名で、ベンガル湾航行途上で不帰の人となった二葉亭四迷の亡骸を茶毘に附した丘であるという。二葉亭は「文学は男子一生の事業とするに足らず」と言いながら文学上に不朽の名を残した「外は、何一つみるべき事業を残さずに死んだひとでもあつた」（これは言い過ぎ。四迷をよく知っていない）、子規・漱石・鷗外など日本近代文学の礎石を築いた人たちは揃って「熱烈な愛国者」（そうだろうか、漱石は違う）だったが二葉亭は少し違い、「東亜における北方の守りの重要さを説い」て、少年時代は軍人を志し、後には外交官を目指した人だった。日本軍がシンガポール入城の日に誰か、「この丘に一束の花を捧げて」ほしいとある。連載二回目の文章に隣接して、「国語を大東亜の共通語に　半島での普及は一大急務」の活字が踊っていて、感を殺ぐ。

「〝葉隠〟について」で、この言葉を知ったのは満州事変での爆弾三勇士の名と共にだったという。因みに言えば、爆弾三勇士は戦争への国民精神作興のための作り話なのだが、與謝野鉄幹・晶子が国の策謀にまんまと嵌まって真っ先に事実と信じて称賛し、森鴎外推薦で慶應大学教授職にあった鉄幹が『東京毎日新聞』の懸賞募集に応募して一等入選し、陸軍写楽隊による作曲、演奏でレコードに吹き込まれ、巷を賑わせた。*1 晶子は夫唱婦随で老幼男女国民の総てが三兵士の勇敢に見習うべきだと高唱して士気高揚に成果を挙げたが、もし、晶子が戦後まで生存していたら（一九四二年五月没）どんな反応をみせただろうか。ここでは田中の「葉隠」理解を述べた上で、「現代において流行すべき立派な性格を備えたもの」でここに「文学的覚悟」を「発見」したとある。

　全集収録の「半島文壇の新発足について」（『京城日報』、四二年九月一～四日）に触れておきたい。ここでの発言は田中英光が牧洋・金村龍済と三人で語らって立ち上げた「朝鮮文人協会」の説明が前提として必要だろう。この会は積極的運動主体としての組織化を意図したもので、十三項目の文化活動具体案を決定している。「内地の日本文学報国会が大々的な結成をみ、華々しい活動を開始した」ことに「刺激」されてのことである。

「今日ほど文学者の仕事が直接、御国の役に立つ時代はないと思う」、「国内における米英敵性文化の撃滅、日本語整備（常用漢字）の問題、大東亜共栄圏内への日本文化の普及等々」に対して、朝鮮ではさらに「国語常用の問題、日本精神文化普及徹底の問題、家庭文化の問題と、徴兵制に絡んで直接具体的に御国の役に立つ仕事」など山積しているとある。「日韓合併直後から朝鮮は立派な大日本帝国の一地方」なのだという認識から、「どうか、半島の青年作家も、中堅作家も老大家も、奮って、朝鮮文人協会の文化活動を内地の文報に負けないように努力して頂きたい。内地では、いうまでもなく、島崎藤村氏も武者小路実篤氏も横光利一氏も小林秀雄氏も挙って文報に参加し、文化活動をしておられる。今では朝鮮の特殊性が日本全体になにものかをプラスする存在になっている。「あなた方の積極的な起ち上がりを、ぼくたちは切望する」」を結語とした戦争使嗾運動の会である。

戦後の田中英光

『酔いどれ船』に虚構化されて描かれた、東京で開催された大東亜文学者大会の参加者の帰途、朝鮮を経て帰る一行を歓迎するために釜山まで迎えに行き、京城で歓迎会を開いたのは一九四二年一一月のことである。一行を見送って間もない一二月に、英光は東京転勤を命じられて帰国している。職場は横浜市鶴見区で『田中英光事典』の巻末年譜によると最新式本社工場の庶務部文書課報道係主任という地位だが、この地位は暇で、事務所で小説を書いていたというから、それで給料をもらえる有り難い職場だったことになる。『我が西遊記』上下を四四年に出版している。戦局の悪化に伴って、家族を四四年九月に静岡県三津浜の旅館富士屋の一室を借りて疎開させ、四五年三月からは同地の、『我が西遊記』の版元桜井書店主桜井均の別荘に移り、戦後、東京に戻るまで無料で貸してもらっている。英光は家族と別居して世田谷の社宅に住む。英光の勤務会社は軍需工場である。四四年一二月に『新潮』に発表の「昔の家」に描かれている、青年工員を引きつれて社長宅に血書嘆願書を持って行き、勤労報告隊として現場で働いたのは事実で、この主唱者、嘆願書執筆は英光であった。戦争協力のど真ん中に意志的に入っている。この工場は四五年四月の空襲で焼失し、本社は臨時に東京事務所に移転した頃、金木町の生家に疎開していた太宰を八月四日に訪ねている。そこに会社から満州への転勤命令が入り、八月一七日出発の予定が敗戦で中止の幸運に恵まれる。九月に入って工場再建に当たって人員整理の対象とされ、一〇年間勤めた横浜護謨《ゴム》を六〇〇〇円もらって退任となり、いったん家族のいる三津浜に行き、ここで共産党に入党している。学生時代に心酔していた兄の影響というよりもっと浮薄な当時の潮流への付和雷同的行為だったように思われるが、共産党シンパとして活動した時の高揚感が蘇ったのかも知れないが三月に共産党に入党し、ふた月後の五月に沼津地区委員長になっている。

入党するに際してどのような思想と覚悟があってのことだったのだろうか。「君あしたに去りぬ」（『群像』四九年一二月）に、「会社を馘になったので、半年ほど妻子の疎開先の田舎におり、貧乏に追いまくられ、文壇に地位を確立しようとあがき、妻と寝る余裕も失っていた。（略）お手軽作家ばかり流行し、自作が売れぬのに公、私憤を感じたし、党威の隆盛から今にも平和革命成功かと錯覚したりした結果（学生時代に少しその非合法運動をした共産党に）入党した」とある。人生行路を決定する重い問題がなんと軽々しく決定されていることか（「地下室から」『季刊芸術』四九年五月）。敗戦後の混乱期とはいえ、簡単に入党を認め、ふた月後に地区委員長にした共産党も共産党だと思ってしまう。党から支給の給与や原稿料を活動資金として党に投入して家族を貧窮に追い込みながら、ヒロポン等薬物常用者となっている。このような頽廃、矛盾に充ちた様態が共産党員田中英光の現実だった。

軽率な入党は離党も手軽だ。主義は認めるが人間は信じられないと入党から一年での離党である。間もなく出会った山崎敬子に溺れ、薬物・女・酒のために通俗的作品量産時代に入る。

敗戦後、死までの四年間に『事典』の脱落皆無とは言えない「著作目録」(雑誌・新聞の部)によると、いくつかのハガキ問答・アンケートも入れると一八五作に及び、すでに印刷に回っていたものも含めた死後の発表は再掲をふくめて五〇作、単行本はアンソロジー、『選集』(全三巻、月曜書房、一九五〇年)、『全集』(全一一巻、芳賀書店、一九六四～六五年)、文庫を交えて(選集・全集は一で数えた)、八三冊に及ぶ。この量産は金欲しさから書きなぐった駄作の多さをも示している。

戦後作品の膨大量の総てを読んだわけではないが、私が興味を持ったのは年代順に挙げれば、「戦場にも鈴が聞こえていた」「酔いどれ船」「地下室から」『愛と青春と生活』「野狐」「奇妙な復讐」「さようなら」である。なかで最も著名であり、代表作とされているのは『酔いどれ船』だろう。虚実取り混ぜてはいるが、東京で開催された大東亜文学者懐疑に出席した満蒙・中国・朝鮮のゲスト文学者一行の帰国に際して立ち寄った朝鮮で釜山まで迎えに行き、京城まで同道して歓迎会を開いた主催者側の文人として勤めた体験を素材とした部分は、朝鮮文壇の様態を知る資料的意味から興味を惹くが、虚構部分の名誉欲・女・酒への耽溺描写の薄汚さには辟易させられ、今は採り上げる気になれない。

戦場小説

田中英光は教育召集と実戦召集合わせて約二年間の軍隊生活を体験している。特に後者では激戦の戦場を生きぬいた勇士だった。この戦争体験を描いた作品はまだあるかも知れないが、戦中作に、「なべ鶴」「姑娘の聖歌」「鈴の音」「月は東に」「ある兵隊の手紙」「黒蟻と白雲の思い出」「呉王度」「志願兵の奮戦」「山西省の桜」「少年支那兵」、戦後作に「戦場にも鈴が聞こえていた」「戦場で聖歌を聞いた」「奇妙な復讐」などがある。戦争下に書かれた戦争小説は、言論の自由圧殺度がまだ希薄だった戦争も初期の段階だったこと、本土ではなく植民地で書かれていたことを押さえておく必要はあるだろう。

「鈴の音」は『われは海の子』（桜井書店、四一年五月）所収の初出不明作だが、英光の戦場小説には「鈴」が多出する。降り続く雨で下着までびしょ濡れの極寒での強行軍で一歩誤れば三丈もの渓間に顛落《てんらく》の恐怖に怯える毎日が続く。凄惨な光景に慣れっこになった感覚に人間らしい感情を与えてくれたのが仔馬の首に付けられた鈴の音だった。ここには優しい人間性が見られる。戦場体験での印象深い心和めることだったのだろう、この種の場面が素材とされている作品には「姑娘の聖歌」「戦場で聖歌を聞いた」「戦場にも鈴が聞こえていた」などがあり、殺された親馬の乳房に縋る仔馬の鈴の音という哀切な場面をも含めてそれを描く作者の目に優しさがしのばれてほっとさせられるものの、だが一転して戦争実戦者の視線・態度に変わる。「鈴の音」の結末は倒れた馬に頭をのせて老百姓が倒れている傍で、首を振るたびに鈴を鳴らしながら青草を無心に食べている仔馬の哀切な場面は辛い。日本軍によって殺された老百姓には何の感慨もないように書かれている。

「鈴の音」より前の作と思われる『オリンポスの果実　外五篇』（高山書院、四〇年一二月）所収の「姑娘の聖歌」は、山西省の奥深くに転戦中、辺鄙な部落で二、三日駐留することになって押し入った大きな農家には五十位の農夫と「呆気にとられ」たほど美しい一一、二歳くらいの少女がいた。別嬪、別嬪と騒ぎながらあまりの幼さとかわいらしさからさすがに犯そうとするものはなく、父親らしい農夫の娘を守るためだろう、どこからか運んできた綺麗な布団に兵たちが喜んで寝ようとした時、大男の西洋人が来て、私の家の布団を盗んだ、泥棒は日本兵の名にかかわる、返してほしいと言ったのだ。西洋人は牧師だった。日本兵へのへつらいから農夫が勝手に持ち出したと知って、牧師は貸すという。少女が飛んできていきなり農夫の横面を殴りつけたのには驚いた。父親の卑屈さへの怒りだったのだろう。牧師が五、六人の少女を呼んできて賛美歌を歌わせてくれた。「ぼく」は「彼の支那民族に対する愛情と、布教への熱意にうたれ」たという作品だが虚実はわからない。

戦後の小説

戦後小説では「戦場で聖歌を聞いた」（『新小説』、四六年三・四月合併号）、次いで初出不明の「戦場にも鈴が聞こえていた」（『桑名古庵』所収、講談社、四七年一一月）が早い段階での戦争小説になっている。後者は、降り続く雨の中を饑餓に喘ぎながらの行軍では民家や中国人を見ると命令も指揮もなく飛びかかり、何一つ残さず徴発する。悲惨な行軍は誰かが歩きながら眠って前の兵から手を離せばその後に続く数十名は夜の山中で迷子になり、また誰かが足を踏み外せば後続者も谷間に顛落し、誰かが前にのめると百足行列は総崩れになり、谷に落ちたり川に落ちたりするが、彼等はそのまま戦死にされた。発狂者も出た。ある大学出の補充兵は分隊長にどんなに殴られても、装具を置き忘れ、脚絆、防毒面、雑嚢から銃まで忘れたのか捨てたのか平然と笑っていて、彼は分隊長によって殺された。八路軍を追ってきた五、六戸の小集落では小隊長が真っ先に略奪し、盗るものがなくなると火を放つ。「火の中に繰り広げられた光景は」「地獄よりも陰惨」だが、兵隊たちは良民の無惨な焼死体には目もくれず放火の熱で暖をとり服を乾かすのだった。

またの日、前方の山道を早足で登っている明らかに良民と思われる男を、二人の兵が五円を賭けて射的屋の人形倒しの興味で殺し、貧しい老百姓から財布をもぎ取り……。この作の最後は彼等が「花火大会」と称する攻撃で良民の血が流されるが、犠牲となった母馬のもはや出ない乳を求めて縋る仔馬の鈴の音は哀し過ぎる。まさに三光作戦[*2]である。前者については、死の前に書かれていて没後初の発表となった「奇妙な復讐」(『新小説』、四九年一二月)と内容が重複するので時系列を無視して採り上げたい。

「奇妙な復讐」

英光の戦場小説にしばしば登場するのは気心の合った浅井一等兵である。軍隊という非人間的な組織のなかで信頼できる人間関係は出来にくい。浅井一等兵を傷つけたのは二度目の召集の時だった。二度目は一度目の訓練召集のときの「古参兵から怒鳴られ、撲られ「褌まで洗はされ」たような「屈辱」は味わわされずに済んだが、実戦は、「聖戦、皇軍、神兵の美辞麗句」で聞かされていたものとは逆で、「大挙して中国に、殺人、傷害、放火、強姦等におしよせにきたのではないかと思はれるほどだつた」

はじめは、敵弾の音を聞いても実感がなく、演習感覚だった。それは兵隊ごっこやチャンバラ遊びをした子どもの頃、中学から大学卒業までの必修の軍事教練の延長心理だったことによるが、戦争の恐怖はすぐに思い知らされた。足下に転がっていたまだ一五、六歳の中国兵の屍体、徴発する何一つない、猫の子一匹もいない貧しい家々。分隊が小休止していた時、機関銃手の木村が撃たれて呆気なく死んだ。

戦争を実感すると「ヤケクソな気持」が「ぼくたちを無道徳にし、刹那の享楽に溺れさせ、女子どもを哀れむより憎ませ、凡ゆる残虐行為をほしいまゝにさせ」ていった。とはいえ、初めは「老幼婦女の暴行される」のや、「少女が荒くれた戦友たちに輪姦される」のを「傍観できるほど、心がすさんで」はいなかった。恐いのは饑餓と喉の渇きを抱えての際限の無い行軍だった。ようやく露営となる。古兵が徴発に出かけ、先頭部隊に荒らされて「姑娘どころか鶏一羽いない」とぼやきながら戻ってきて行軍開始。道は断崖絶壁だ。だが見上げ見回す自然の風景は美しい。英光作品で自然への感動を描いた花鳥諷詠的描写はいい。

一軒の土造りの家が見つかる。女たちの烈しい泣き声。行ってみると兵隊達の前に五〇位、七〇位の女の間に「度肝をぬかれた」ほど美しい娘がいて恐怖に戦いていた。二人の女は娘の母と祖母だろう。兵隊は浅井と日置だった。入ってきたのが坂本（ぼく）と知ると、「坂本はん。あんたも後で乗らんかい。こんな別嬪は少ないでや。これからカンカンしてこます」と言い、「早くカンカンさせんかい」と急かされた日置が「よッしやあ」とゴボウ剣を娘の胸元に突き付けながら早く裸になれと怒鳴られ、娘は泣き叫び胸をかきむしって倒れながら拝み、母親らしいのが鳴咽しながら土間に倒れ激しく身体を震わせている。すると祖母らしいのが諦めきった表情で歯をカタカタ震わせている娘に何かを長々と話し上衣を脱がせた。一糸纏わぬ雪のような素裸の娘の睫毛から溢れる涙。日置がその上にのしかかるのをみて、「激しい情欲と憐憫に身体をひき裂かれ」ながら、見張りと言って表に出ると慌てたように駆け込んで、「中隊長が下から登ってきた」、「早く逃げないと」と叫ぶと、浅井たちは慌てて逃げた。浅井たちを騙し、少女たちを助けることに成功したが、これは事実かフィクションか。その後日置は呉王渡攻撃戦で死んだ。浅井には嘘がバレたらしい。呉王渡占領直後の「集団輪姦の凄まじい、或いは厭らしい怪奇的な風景」は酷いものだった。

外から見えぬ地に入り口の小さな穴が十幾つかあった。ぼくが歩哨の任務を済ませて用便のため降りると「キヤアキヤア泣き喚く、女子供の声」。覗くとそこには「詳説を憚る光景」が展開されていた。老幼婦女子、一二、三歳の少女、赤子を負ぶった女、盲目の老爺の手を引いた女、「女でさえあれば」「日本兵の情欲の対象になるのだった」。「時田軍曹が泣き喚く赤ん坊を、女の腕からもぎとり、大地に叩きつけると、女に足ばらいをかけて」倒して「野獣のように跳りかゝつてゆく」。また、「ひとりの美しい娘を四、五人の兵隊が代わり番こに犯している」。分隊の横田は村に入ると「姑娘探しにウノ眼タカノ眼にな」り、「既に他の兵隊に試食済みの膏肉も、六十の古肉も見境なく、片ッ端から上に乗つている。

ぼくはそれらの光景を長く見ていられなかった。胸が鳴り嘔気さえする。自分の情欲も哀しい」とあるが、『愛と青春と生活』に描かれるような情欲の激しい彼が嘔気を抑えて見ていただけの〈いい人〉でいられただろうか。

それからの半年間は慰問袋も来ず、慰安婦に接する機会もなく、荒涼たる毎日だった、というが戦場にあって慰安婦は必需とでもいうのか。理性や知性は働かないのだろうか。ある地で夜明けを迎え、霧雨のため午後まで出発延期となる。徴発に出かけた兵隊たちが手ぶらで帰ったなかで浅井一等兵のみが隠れていた姉妹を得たと語る。出発。山の中の小部落では片端から民家に火をつけて焼く。次の駐屯地にも慰安所がない。酒保や慰安所があるのが当然の書き方だ。古兵たちは便衣斥候を志願して「美婦」漁りに行く。「多くの兵隊たちの性雄武勇伝」を聞く。横田一等兵の体験話は忘れ難い。「亭主の目前で、その妻を犯すのはなにより胡椒のきいた愉しさ」という。妻を庇う青年の前で美しい若妻を襲ったとき「法境悦の直前」に撃たれた例のあったことを思い出し、女の夫らしい男に鉄砲を一発放った。「もう一遍、愉しみたくな」って引き返すと二人とも死んでいた。撃たれて傷ついた夫との「合意の心中」だったらしい。命を奪ってまでの残虐さで中国女性の人間としての尊厳を奪いながら手柄話、笑い話にする兵隊の非人間的陋劣さへの人間としての怒りは作品から読み取れない。

駐留後、三ヵ月ほどしてやっと二人の春婦が来た。慰安所はなかったが大年増の二人は引っ張り凧だった。ひと月ほど経て「正式の慰安所」ができ、若く、化粧もうまく、病気の危険も少ないというので千客万来の盛況ぶりを呈した。「禁慾半カ年」のぼくも嬉しくて浅井と慰安所に行った。二〇人ほどが並んでいて、あと五、六人で自分の番になるというとき後ろを見るとまだ一五、六人が並んでいた。自分の前の二〇人の前に何人がいたのだろうか。慰安婦とされた女性は毎日何十人もに凌辱されることになる。禽獣的情欲は男の根本問題（坪内逍遙『当世書生気質』）などではないと私は思うのだが。戦争は人間を鬼にも悪魔にもする。田村泰次郎の戦争小説はそのことを明かしているがわけても「裸女のいる隊列」（『別冊文芸春秋』一九五四年一〇月）、「蝗」（『文芸』六四年九月）は慰安婦を描いて戦慄的である。*3

もうすぐ自分の番が来るというとき見世物になりながら人目も何のその桑木が歓喜の声を挙げている姿に「人間の情欲の哀しさ」を見、そっと宿舎に帰ったのを浅井になぜかと問われ、「本当は女が好き」なんだが「あんな多勢と一緒に女買いするのは恥ずかしい」と打ち明けると、二、三日して浅井が一人の女を連れて来て、ぼくに渡してニヤニヤしながら姿を消した。女は浅井から金をもらっているからとビジネスを求められ、結局、快感と不快感で本能を充たした。二、三日後、異常な痛みに蒼くなった。浅井に話すと「淋病」

だと言い、民間療法を教えられたが悪化は急速だった。軍医に診せれば営倉か陸軍刑務所か、軍人手帳に赤字で記入されて「一生の傷」になる。自殺を考えた。その時、瞼に大きなカツレツが浮かんだのだ。中学時代に父を失い、めったに御馳走を食べられず、一年に一度、クリスマスの前夜だけ兄が特別カツを食べさせてくれたあの味が脳裡にひらめき、「あのカツを食う迄はどんな恥を忍んでも生きていようと思い返し」、食欲が勝って死なずにすんだ。

覚悟して分隊長代理に白状すると、彼は、「なんだ、知らなかったのか。あの女は分隊の兵隊たちが交代で廻してから浅井が使ったが、それから又、お前に廻したのか」、横田は梅毒だし浅井は淋病なのを知らずに「抜き身」だったら堪ったもんじゃない、すぐに「後退入院」せよと親切に言われ、浅井と日置に犯されようとした一人の美少女を助けたことに対する浅井の復讐ではあるまいかと、疑いが浮かんだのだったが、自分が無知なため、「無意識に奇妙な復讐を受けたと解する」ことにした、というお話。結局は薄汚い性欲小説だ。

『愛と青春と生活』（富国出版社、四七年三月）

書き下ろしである。戦争下、わけても太平洋戦争勃発後の田中英光の在り方は、ほんのわずかの人を除いて誰もがそうだったのだから彼だけを責めるわけにはいかぬが、戦争体制に完全に呑み込まれて熱情的に文学的尖兵を果たしていた。

戦争は負けて終わった。召集による二年間の在籍のままの留守期間も入れて一〇年間勤めた会社は軍需会社だったので一般の人たちより楽に暮らせたことで辛楚の感は淡く、離職は人員整理によるもので自ら望んだわけではない。天皇親政の大日本帝国憲法は主権在民の憲法に変わった。新しく生まれ変わった新生日本の尖兵たらんとの思いからだったとは思うが共産党に軽率に入党し、家族の貧困をも顧みず献身的に党活動に精励したというのは事実だろう。だが入党四ヵ月でアドルムやヒロポンを常用するようになり、闇市で求める酒を鯨飲し、歓楽街に女を求めにいくようになっている。その一方で有名作家になりたい名誉欲も噴き出す。泡立つような文学盛況の波のなかで、まず、自分の青春を振り返り、小説家として生きる覚悟を固めたいと思ったのだろうか。党活動の傍ら書き下ろしで書いた長編である。

学生時代に六尺二〇貫の体格を見込まれてボートのオリンピック選手としてアメリカ体験ももつ私（坂本）は、就職難の時代にコネで就職したゴム会社の営業マンとして朝鮮の京城で下宿住まいをすることになる。二三歳だった。特権的軍需会社の大卒の上外地手当がつくので約百円の給料は現地人が十八円程度だったのに比べて十分過ぎる程余裕を持てる額だったが、営業という仕事が馴染めず、精神的苦痛から学生時代に覚えた酒と女に溺れ、常態となった質屋通いでも足りず、本を売り、さらに高利の借金もするような懶惰な生活をしていた。その一方で東京の友人と出していた不定期発行の同人雑誌『非望』に載せた小説が褒められたことで大作家を夢見る名誉欲もふくらんでいた。

また、「やさしくてきれいでりこうな」女性を恋人に持ちたくて焦ってもいた。恋人欲しさは彼を売春街に駆り立てる。ある日、遊楽街で二升も酒を飲んだ(度外れではないか)泥酔から喧嘩に巻き込まれ怪我をして入院する。病院で親しくなった少年の姉の中川八重を知り、小卒の趣味の低さにうんざりしながらも付き合いを続けていたが、入院休職中に入社した一九歳のタイピスト江原暁子の「性格的な魅力」に惹かれて彼女とも交際する。間もなく八重の家に下宿する。両者の間を往き来しながら、八重の母が心配してくどいほど注意していた「肉体的」関係を八重と持ち、妊娠させてしまう。さらに酒場で知り合った子持ちの梨枝と「愛人」関係を持つ。梨枝にはKという夫がいるが彼の家庭内暴力を逃れて障がいのある子連れで働いている女だった。八重と結婚せざるを得なくなる。梨枝はKのもとに帰ることになったが間もなく死んだことが伝えられる。一二月の暮、二四歳の私は二二歳の八重と、私の親の反対を押し切って、仲人役を頼んだ人からも断られ、誰の立ち会いもない寂しい結婚式を朝鮮神宮であげる所で終わる。

名誉欲の強い彼はよい小説を書きたい思いが強く、そのために他人の生活を貪婪に知りつくしたく、質入れした金で酒と女を求めて深夜の町を彷徨うのだった。よい小説を書くために世の中を知りたいと焦るが、世の中を知る手立てが歓楽街で女を求めることなのか。良い小説、良い小説と言いながら彼にとって何より大切なのは「肉体の欲望」だった。「結婚なんかくじ引きのような」ものとの結婚観から、「無学」で「貧しく苦労してきた娘」なら自分に感謝して献身的に尽くすだろう、と愛しているわけではない八重と結婚することにしたのだった。女性に対しての人権無視、侮辱でしかない。

「知識人」という言葉が頻出する。もちろん「知識人」には自分が包含されている。作品世界は戦争下だが、書かれたのは戦後である。現視点から読めばフェミニズムやジェンダー批評の包含された作品がいくつも発表されていたのに、英光は「優れた小説、優れた小説」と口癖のように言いながら、真に優れた小説から何も吸収していない。結婚式で終わっていることから英光のデカダンスな青春を描いた私小説として読まれているようだ。何と低劣な青春だろうか。

八重との結婚を決めた後も江原暁子と「無節操」に二人の間を往き来している。彼は自分の仕事について「相手には酒をのませ、女をだかせ、金をにぎらせ、こちらはカスリをとり、品物をごまかし、嘘をつき、詰まりは相手の人間を精神的に殺すことで殺人罪を犯し、こちらもただ合法的というだけの泥棒を犯すことになる」という資本主義社会のメカニズムに気づいていながら、そこにどっぷり漬かっているうちに「肥壺にうごめいている蛆に糞の臭さがわからないように」自分もいつしか蝕まれていた、と書いていて自覚していたことになるが、這い出そうとはしていない。依然として二叉関係を続けるだけでなく「商売女」とも関わっている。暁子にも八重にも飽きた頃外勤の途中で入った店で出会った夫も子もいる梨枝にのめりこみ、一升酒に一ダースのビールを高利貸しから借りた借金で飲みながら毎晩通う。誰にも祝福されない結婚式で終わる途中、何度か投げ出したくなる不快な作品だ。

この作品は京城で会社員生活を送っていた時代一九三五年から三七年を回顧した作品で、『酔いどれ船』時代の数年前の時代に当たるが、『酔いどれ船』のかなりの部分に通底する酒と女との関わりが薄汚く書かれている。これが「青春」か。川村湊は文庫の解説に「現実社会の腐敗に青年らしい潔癖な正義感を燃やす場面や、デカダンスとして京城の妖しげな路地にはまり込む様子が描かれている」とあるが、大酒を飲み、相愛相敬ではない複数の女性と深い関係をもちながら妖しげな歓楽場の女とも高利の借金までして出入りするのが「青春」なのだろうか。「青春」とはこんな薄汚いものなのか。この作品を田中文学の「原点」としているが、それは言えるだろう。

『さようなら』（『個性』、四九年一二月）

死ぬ理由も、死ぬつもりもなかったのではないかと思われるのに自裁の文字道り絶筆となった予告と言えば言える作品。この作品が純度の高い文学雑誌『個性』に載った発行日は一二月一日。英光の死は一一月三日。初校ゲラは当然見ていただろう。「人間は自分の愛する周囲の人たちや、未来の人類に信頼と責任感を持ち、生命を大切にしなければならぬ。」「どんなに辛く恥ずかしく厭らしくても、生きて努力するのがぼくたちの義務と責任である。決してあっさり、この世に、『さよなら』を告げてはならない」とありながら、「ぼくは自分とその周囲を見渡してウンザリし、正直な話、『皆さん、それでは左様なら』と例の春婦とルンペンを愛し、しかも革命に協力したといわれるソ連初期の詩人マヤコフスキーみたいに遺書を残し、冷たい拳銃の口を白分のこめかみに押しつけたい欲望にもかられる」ともある。

三〇〇〇の将兵が海の藻屑と消えた戦艦大和の悲劇に触れ、「悪辣な犯罪者として処刑された、東条達戦犯の愛読作家であり」彼等の「代弁者」でもある吉川英治が「依然として百万の愛読者をもっている」ことや特攻機出現のニュース映画に拍手する日本人の無意識さを弾劾した上で、「ところで、ぼくは自分が、時代に傷つけられ、遣切れぬほど無知で不潔で図々しい日本人たちのひとりとなってしまった」ことへの認識から、この人生に『さよなら』を告げたい」とある。韓国（朝鮮）の皇民化、侵略に熱情的に果たした自己の戦争責任への自覚の念、慚愧・反省は英光の戦後作品から感動的に読み取れるものはない。「時代に傷つけられ」とは呆れる。戦後も四年経って戦争を客観的に描いた優れた作品が生まれ、文学者の戦争責任論も議論されだした頃の作品である。

彼は自分が、「皇道精神の昂揚」を掲げた総督府の意に添った『国民文学』の創刊号から代表的作家として積極的に参加・協力し、総督府直属の『緑旗』や『京城日報』でも活躍しているばかりか、それでも足りずに、四二年九月には日本文学報国会の結成に刺激されて、韓国（朝鮮）の文学者牧洋・金村龍歳（共に創氏名）を語らって「朝鮮文人協会」を設立して、「国民総力運動の一翼として国民文学の建設」を目的とし、「一　文壇の国語化促進、二　文人の日本的訓練、三　作品の国策協力、四　現地への作家動員」を掲げて実践していて、戦争勢力の国策に主体的・積極的に参入しているのに「傷つけられた」はおこがましい。因みに既にくどくどと何度も説明済みだが、ここに言う「国民」とは日本国民のことで、「国語」は日本語のことで、「国策」とは日本の戦争国策のことである。

共産党への入党後、約一年で離党した理由を「作家的自由」が欲しくて「脱党」したが「共産主義思想」を「美し」く思う気持ちに変わりはないのだが、人間の醜さから党に「さよなら」したのだと「地下室から」に書いている。この弁解に納得できない。戦時下のみならず党員時代の自分は醜くなかったと自己評価していたのだろうか。軍隊では中国人・日本人の多くと「さようなら」した。残虐的に殺された中国人への「見知らぬ中国人よ、永久にさようなら」の繰り返しに次第に鈍感になり、上官の気を損ねぬために自分も中国人を殺し、傷つけて「さようなら」したと他人事のように書いている。

初年兵岡田は、いい家の一人息子で京大では成績優秀のラグビー選手だったが、血生臭い戦争で狂ったのだろうか、装備を次々に置き忘れ分隊長に素裸にされて残酷なリンチを受け、「お母さん、さようなら」の声を残して息絶えたのを兵隊たちは面白がって見物していた。英光は、「理由なく放火、殺人、傷害、強盗、強姦を行う戦争こそ」「狂的行為」で、「それを拒絶した岡田に残忍なリンチを加えた分隊長たち、それを面白がって眺めていたぼくたちのうち、誰が真の狂気であろうか。」「兵器を棄てることで全身で戦争を拒絶した」「岡田の神経に、今ではむしろ健康なものを感じる」とあるが、残忍なリンチに悶える戦友を面白がって見ていられる神経こそ狂気ではないか。想像を絶した残虐な場面だが、淡々と描き、銀蠅の群がった死体に「あっさり『さようなら』」して見捨てたまま行軍を続けたとあっさりと書いている。ここには、逆接的方法による軍隊、戦争批判がこめられているという読みも可能かも知れないが、トーンとしては、戦友を残酷に見捨てた自虐や軍隊の非人間性への激しい怒りは読み取れない。

野戦生活ではこのような「非情」な数多くの「さよなら」をして帰還し、職場に戻ったが日本の敗色が濃くなると「さよなら」を告げる機会も多くなった。勤労動員で来ていた女学生だろう、三〇人もの若い娘が「童貞」(こんな言葉を入れるのが英光だ)の舎監と共に爆弾の直撃で即死したむごたらしい場面にも「宿命」として「あっさり」さよならしたとある。伊豆の田舎に疎開させた妻子にも「あっさり」さよならを告げていたとも書いている。この辺りまでが戦争の時代での「さよなら」だが、ここに戦時下では書けなかった戦争批判、懺悔が書かれているだろうか。鮮烈な戦争体験も心からの懺悔や反省、厳しい批判はなく、韜晦《とうかい》の姿勢で描かれている。

岡田問題は実体験かフィクションかは不明だが、野間宏の『真空地帯』にも言えるが特に「顔の中の赤い月」との違いは大きい。召集は国の命令だったものの戦争に積極的に加担していた彼が、戦争の非人間的悲惨な体験を経たことで、反戦の立場から共産党に入党したのだとしても、すぐ離党し薬物、酒、女にすぐに溺れる理性、知性の希薄な彼に、真に戦中の数々の行為への懺悔、反省の意思があったのだろうか。

「さよなら」の後半は『愛と青春と生活』に描かれた戦中と、「野狐」に代表されるいわゆる〈敬子もの〉に関わる素材中心の女性問題となっている。「生きることは恋すること、男は永遠の女性によってのみ救われる。一生に一度、真剣に愛し愛される恋人を得たいと秘かに烈しい望みを抱」いていたが、敗戦前までは「政治意識が強すぎ、政治から脱落後は自意識が烈しすぎて、本当に心と肉体の一致するような恋の経験を持てなかった」とあるが、二四歳で「早まった結婚をする前後、恋人とも呼べる三人の女性」がいたともある。三人と同時進行で付き合うような男性に真に「心と肉体の一致する」恋人ができるだろうか。

自身の意志で妻に選んだ女性が彼との間に漱石の言う「拷問のような苦痛」に耐えて産んだ四人の子の母となって現存しているのに、英光は随所に繰り返し、「早まった結婚」「小学出の無知な下宿屋の娘だった平凡な女」といった、妻なる女性に対するこの上ない侮蔑、侮辱の言葉を随所に使っている。平然と侮蔑を作品で公表する夫の性具とされ、四人も子をなした妻なる女性の心情も私には理解できない。「娼婦と母性の本能を合わせて持つ女性を「憧れの女性」とする彼が、「パンパン」稼業で旧敵国の男からバラック建ての家を建ててもらった「戦争未亡人」に出会って溺れ、「心と肉体の一致」を体験した初めての女性と言いながら、刃傷事件まで起こしたリエ（山崎敬子）との関係を描いた「野狐」に象徴される〈敬子もの〉に見られる作品は、私には読むに堪えない。「さよなら」はさらに続くが読み続けるのに嫌気がさした。

この作品の最後のほうに「実はまだ生の世界に『さよなら』をいいたくない。ぼくは今でもふいと耳に、ボレロの如き明るく野蛮な生命のリズムが鳴り響き、晴れて澄んだ初秋の午後、アカシヤの花々が白く咲き芳しく匂う河岸、青い川面に白いボートを浮べ、自分の心や身体を吸い寄せ、飽和した満足感で揺り動かし、忘我の陶酔に導いてくれる、そのひとを前にし、軽くオールを動かしている幻想のよみがえる時がある」とある。最後のこの部分が誘い出すのは、まだ純真性のあったボート部の部活動に懸命だった学生時代であり、その頃を本気で表現した小説が誰よりも尊敬していた太宰に認められた嬉しさに舞い上がった頃への思い出である。あの頃への切ないまでの懐旧の心情である。とすれば、あの頃とは画然と変容してしまってもはや戻る術もない今となってはもはや人生に終止符を打つしかないと思い至ったのだろうか。だが結語は「こうした幻想に憑かれ、またの日、もう一度、そうした日があり得ることを秘かに信じ、その時に自分の復活があると待望するのも、おかしくないだろう」になっていて、「復活」が「待望」されているのだ。この結語からは自裁決意はうかがえない。しかもさらにわざわざ括弧に入れて、(ではその日まで、さようなら。ぼくはどこかでかならず生きています。どんなに生きるということが、辛く遣切れぬ至難な事実であろうとも——)とつけ加えているのだ。彼の死は、本当に覚悟の自裁だったのだろうか。

その日は谷崎潤一郎と志賀直哉が文化勲章を受章した日だったという。名誉欲の強い英光にとってはやりきれない思いがあったのだろう。用事は不明だが新潮社に編集者だろう野平健一を訪ねているが不在だったために、その足で亀井勝一郎を訪ねている。亀井と懇意だったとは思われないのだが。あいにく、亀井も不在だった。偶然とはいえ、訪問者の不在続きが彼の運命を左右することになってしまったようだ。太宰の墓のある三鷹の禅林寺に行き、墓前でアドルム三百錠を焼酎一升で飲んだという。正気の沙汰ではない。理性など吹っ飛んでしまっていただろう。衝動的と思われるが、手首を切って倒れていたのを子どもに発見されて病院に搬送されたが、アドルム三百錠を焼酎一升で飲めばどうなるか。想像もつかないが、切った手からの出血も多かっただろう。絶命は時間の問題だったと思われる。死は理性による決心、覚悟だったのか。「さよなら」の結語から推察すれば違うように思われる。墓前に置かれた新潮社版『太宰治集』に遺書めいたことが書かれていたことから自裁とされている。覚悟の自裁で、手を切る前に遺書として書いたとされるが、アドルムを一升の焼酎で飲んで意識朦朧の泥酔状態で書けるだろうか。拳銃自殺したマヤコフスキーに触れた文言があったことを想起すると、自分の最期は自殺と決め込んでこの日より以前の泥酔時に書いたものかもしれないなどとの憶測は不可能だろうか。

戦後の日本社会は、「かつて自分たちの行った『侵略』を平然と何事でもなかったと見る方向、あるいは、何事もなかったかのように覆い隠す方向に向かっていた」（太田哲男『「断念」の系譜』、影書房、二〇一四年五月）。

田中英光の戦中の戦争使嗾の数々の言行への責任、懺悔を戦後作品にみることは私にはできなかった。

＊注

（1）104頁　詳しくは拙著『日本近代女性文学論』所収「與謝野晶子の世界」（世界思想社、一九九八年二月）、『與謝野晶子』（新典社、一九九八年一〇月）参照。

（2）112頁　旧日本軍の中国での蛮行。「殺光　焼光　略光　これを三光という　殺しつくし　焼きつくし　奪いつくすことなり」（『新編　三光』中国帰還者連絡会編、光文社、一九八二年八月他）。

（3）116頁　田村泰次郎は一九四〇年五月に陸軍に召集されて、中国山西省遼寧県に出征。北中国を転戦し、帰国できたのは四六年二月。この間の一兵士としての従軍体験、とくに日本軍の非道性、現地の人の惨禍について精力的に作品化している。拙論「身も心もさゝげる『大和撫子』――田村泰次郎の戦争文学」『買売春と日本文学』（東京堂出版、二〇〇二年二月）参照。

第四章

戦時下植民地に於ける日本語雑誌

現在の問題として

本稿の執筆を始めた二〇一六年は、敗戦による終戦から七一年目だった。第一章の冒頭に、六八回目の政府主催の全国戦没者追悼式での安倍首相の式辞にアジア諸国への侵略責任への深い反省、哀悼の意、不戦の誓いはなく、原発事故に関してもＩＯＣ総会のプレゼンテーションで原発事故による汚染水問題について「全く問題ない」、事故処理「状況はコントロールされている」と明言して呆れさせられたが、さらなる驚きは世界各地をまわって原発のみならず武器の売り込みなど「死の商人」の先頭に立ったことだった。

あの日（三・一一）から七年を経た現在、なお福島被災民の多くが不自由な避難生活を強いられている。住み慣れた家にも帰れず家族は離散を余儀なくされている人々の苦難の実態は想像の埒外だろう。もし私が当事者だったら、仕事の性質から書籍や資料を手許におけなかったら生きていられるだろうかと思ってしまう。それぞれ個別の事情をかかえながら生きることの悲惨さを想像すると胸がつぶれるが、安倍政権はどう感じているのだろうか。

生活の不自由より恐れられるのはチェルノブイリ原発事故の教訓である。三〇年経った今でもキノコやベリー、牛乳から基準値を超える放射能が消えず、病気の多発、とりわけ子どもの甲状腺がん始め免疫低下や骨軟化症症状が数多く見られるという。福島原発事故を原因とする関連死は二〇一六年三月段階で一三六八人で前年三月の調査から一年間で一三六人増えて拡大傾向にあり、事故の収束作業に従事した作業員に被曝による白血病で労災認定者が出ている。東電発表では二〇一五年の一年間で五ミリシーベルト以上の被曝者は四九五二人という（東電発表は過小評価ではないかの疑問を抱いてしまう）。白血病に限らず健康被害はさらに増えるだろうが、当人やその家族の身に即した誠実な対応がとられているとは考えられない。

原発は核問題でもある。命や生活を破壊された犠牲者の苦悩をよそに、政権は原発推進策を進めている。「規制委」は機能を果たしているのだろうか。[*1]「原発四〇年」の原則を破って老朽原発の再稼働に突進している。政府は長く運転するほど儲かる電力企業側に立ち、国民の安全性にはそっぽを向いている。安全、安価、クリーンの神話は崩壊し、猛暑日が続いた二〇一六年は、熱中症予防にクーラー使用をくどい程に連日報じ、一日中つけっぱなしの毎日でも供給に余裕があったという。原発「不必要」が証明されたのに、電力会社側に立った施策は、多発の現況が危惧される地震国日本で、福島事故再来の不安を誰もが抱いているだろう。福島事故から三ヵ月後にドイツは脱原発の方針を決めたのに、[*2]事故当事国である日本は世界で唯一の被爆国であり、かつ地震国であることなど重大要件[*3]を抱えていることを考えると、政府が再稼働策を変えない意図が理解できない。

本稿の意図からそれるが敢えて言わずにいられない問題が近年急激に増えている。第一の問題として、頻繁に起きている沖縄での米軍機の墜落事故である。*4 沖縄県民二〇万人超の命を奪った壮絶な沖縄戦が象徴される戦争犠牲は計り知れない程なのに、戦後七〇年経っても悲惨な犠牲を押しつけ続けている。居たたまれない。本土に住む同じ日本人として申し訳なく、沖縄県人が安心して生活できる平和な県になることにとの願いから辺野古基金や新聞全面広告へのカンパを欠かさずおこなっているものの、そんなのは責任回避の気休めに過ぎない。政治的に抜本策を採らねばならない。抜本策に逆行施策が増えているのが現実である。

その一つに普天間飛行場の格納庫や隊舎など施設の補修工事で、高額な工事費は日米地位協定によって全額日本が負担という。駐留米軍への「思いやり予算」によって、米軍家族は豊かな生活をしているという。思いやらねばならぬ日本人がゴマンといるのに、政権は米国人のほうが大事のようだ。「森が殺される」と沖縄県民こぞっての反対に耳をかさず建設工事を強行している米軍のヘリパット建設工事も米国の要求隷従で、日本の主体性は見られない。そこに飛び込んできたニュースは「核なき世界」をうたった二〇〇九年のプラハ演説に行動が伴わないまま七年が過ぎた今夏、オバマ米大統領の核兵器の先制不使用宣言を盛り込んだ九月の国連安全保障理事会で核実験禁止の決議採択を呼びかける考えのあることだったが、あろうことか、安倍首相が核先制核不使用に米国の「核の傘」に頼っている立場から反対姿勢を示したというのだ。

外務省も日本を取り巻く安全保障環境の厳しさから米政権に先制不使用を宣言をされたら日本を守る米国の抑止力が弱体化すると不使用に反対をとなえたが、世論への思惑からか、反対とは言っていないと米報道を否定したもののこれまで重大な問題が密約されていたことから疑念を払拭しきれない。二〇一七年度軍事費予算が過去最大の五兆一六八五億円計上という厖大さに恐怖される。[*5]

中国や北朝鮮敵視のプロパガンダによって恐怖心を煽り、[*6]戦争の出来る国にしようと「解釈改憲」を加速させているが、首相はじめ政権の中枢にいる人たちは中国や朝鮮への侵略の凄まじさを学んでいない。侵略の実態を調べれば調べるほど一五年戦争といわれる戦時下の日本帝国主義の残虐ぶりに戦慄する。戦争とは人殺し競争だが、殺し方のエスカレートが凄まじい。私は二〇一五年から一六年にかけてアウシュビッツ・ビルケナウ強制収容所と中国東北部（旧満洲、ここには個人旅行でも行ったので二度、今年二〇一八年一〇月に専門家同道で三回目）に七三一部隊を知りたくて行ったが、まさに「百聞は一見に如かず」を実感した。

「戦争やテロを減らすには武力よりも、むしろ教育の普及や格差の是正が有用だという世界認識がひろまりつつ」あって、「歴史の教訓を胸に」とは年頭の「社説」(『東京新聞』)の言葉だが、日本の現実はこの真実と真逆の方向に進んでいる。知性を磨く上で有効な文系の軽視が象徴的だが、日の丸・君が代問題、教科書問題等々に代表される「歴史の教訓」に反した政策履行の強制に教師たちは萎縮し、のしかかる過重業務に教材研究や生徒個々指導の時間がとれず、疲労困憊しながら自虐に涙する現実に追い込まれている。日本の軍事化路線が急ピッチで進行していて「軍学共同」も防衛省によって研究費を餌として軍事研究誘導が図られてもいる。[*7]

改憲運動に拍車がかかっている。安倍首相夫妻も小池百合子都知事も深く関わっている日本会議の動向に不安が募る。天皇の「生前退位」願望は普通の家庭では当たり前のことだが日本会議は反対している。不戦、主権在民、男女平等(人権平等)の憲法を常に第一義におかれている天皇の意志は尊重されるべきで、男女平等＝人権平等は天皇制下でも守られなければならず、日本会議が反対する女性天皇は憲法が保障した男女平等上必然だろう。安倍首相の歴史認識に対する「無知」「無恥」に反して、天皇の歴史認識は感動的に深い。政権が改憲に向けて方策を練り、憲法違反を随所に犯していながら恬淡たるに引き替え、天皇は常に憲法厳守を念頭におかれている(一六〇ページのコラム参照)。

自民党が「改憲」の根拠としていた「押しつけ史観」は、当時の首相・幣原喜重郎の提案によることがマッカーサーとの交信資料で実証され、根拠は失われた。今年（二〇一六年）の全国戦没者追悼式での天皇が「さきの大戦において、かけがえのない命を失った数多くの人々とその遺族を思い、深い悲しみを新たに」し、「過去を顧み、深い反省とともに、今後、戦争の惨禍が再び繰り返されないことを切に願い、全国民と共に、戦陣に散り戦禍に倒れた人々に対し、心から追悼の意を表し」のスピーチには真情がこめられていて心に響いた。一方、安倍首相の式辞では四年連続でアジアへの加害と反省には触れず、七〇年談話では村山五〇年談話のキーワード「侵略」と「植民地支配」の言葉を使って「不戦の誓い」を表明したがその一ヵ月後に多くの国民の反対を無視して海外での武力行使や他国軍支援を可能とする安保法を成立させ、続けて防衛装備庁を発足させ、二〇一五年二月には「戦力の不保持」を定めた憲法九条二項改憲の必要性に言及し、三月には安保法施行で集団的自衛権の行使可能と、「不戦の誓い」とは裏腹の方向に突進している。

天皇は「戦争」をよく学んでいるが、安倍首相は学んでいないし、学ぼうともしていないようだ。それは『AERA』（二六年四月一八、二五日、五月二九日。番外編四月一一日）の「安倍家三代世襲の果てに」が解き明かしてくれている。小学校から大学まで受験勉強不要の成蹊学園で一六年間を過ごしたその間についての記者の取材に応じた同級生、教師たちの誰もが異口同音に存在の意識されない「凡庸」な生徒・学生だったと言っている。勉強もスポーツもまさに凡庸の一語に尽き、安倍首相自身が著書に「安保条約の条文をよんでいたわけではな」いと書いているそうだが、政治学科だったのに近現代史を本気に学んではいないとはゼミ教師の言。卒論も薄っぺらなつまらないもので処分してしまったという。卒業後の就職は「政略入社」で、最初の赴任先はニューヨーク事務所だったが、「新人が配置されるのは異例中の異例」で政略配置だろうが職務負担に耐えきれず一年で東京本社に戻り、社では「子犬」のような存在だったが、父が外相に就くと秘書官となって政界に入ることになったのだったという。

近年の安倍首相について、成蹊大学学長、成蹊学園専務理事を務めた国際政治学を専門とする碩学の宇野重昭は記者の問いに「集団的自衛権の行使容認に踏み切るのは大変危険な選択」だ、「皮相な思想に憑かれ、国を誤った方向に向かわせないでほしい」と涙を浮かべて語ったとある。成蹊大学名誉教授の加藤節も「世襲の弊害」を述べ、憲法学の権威・芦部信喜の名さえ知らずに改憲を唱える「無知」「無恥」の安倍首相は岸の「相当に質の悪いコピー」と痛烈に批判している。

これまで私は安倍首相の歴史認識に対する無知・無恥への怒りから、戦争の実態、日本の侵略の実態の検証作業を続けてきているが、恩師が「無知」「無恥」を厳しく批判していたとは知らなかった。この記事を安倍首相は読んだだろうか。師の諫言を受け止めて本気に憲法、戦争について勉強して欲しい。

『酔いどれ船』が描く植民地文学者

針生一郎は『田中英光全集』第二巻の解説で、三六歳での自裁時、そのスキャンダラスな生と死が注目されて作品が正当に評価されていないとして、敗戦までの『オリンポスの果実』を中心としてよりも一九四七年以降の旺盛期を採り上げ、「『N機関区』『少女』『地下室から』など二・一スト前後の革命運動や労働運動にはらまれた問題を、基底部からするどく照らし出した系列」と「『愛と青春と生活』『青春の河』『酔いどれ船』など、戦前の非合法政治活動や戦時下の植民地での抑圧と屈従にみちた青春群像を描いた系列」、さらに「『曙町』『暗黒天使と小悪魔』など、敗戦前後の巷にうごめく男女の生態を活写」した三系列に分類した上で評価しているが、この評価は肯《うべな》えない。

その頃すでに行きずりの街娼だった山崎敬子と同棲し、泥沼のような愛欲生活にはまっていてその様態は『野狐』『離魂』以下に書きまくられていた。それらは女性と入水自殺した太宰の道程を追うかのような破滅型私小説と言えるだろう。女の下腹部を刺す事件を起こし、鯨飲にカルモチン、アドルム、ヒロポンなど薬物漬けという破天荒な生活で精神病院行きとなり、太宰治の墓前での死は退院から約三ヵ月半後のことだった。戦後のみならず生涯の代表作とされた『酔いどれ船』が書かれたのは、支離滅裂な乱倫生活で正常な思考状態にあったとは思われない死の前年から直前にかけてである。作歌魂が執筆時を正気にしたのだろうか。

金允植は、桑原武夫編『文学理論の研究』所収の鶴見俊輔の「朝鮮人が登場する小説」で分析しているのは『酔いどれ船』だけで、大村益夫の『第二次世界大戦における朝鮮の文化状況』でも分析されているのはこの作品であると述べていて、このことからも、『酔いどれ船』が田中英光の代表作とされているようだ。金が『傷痕と克服』で引いた針生の文章は次の所である。

長編『酔いどれ船』は、この朝鮮文人協会の時期の秘められた憂悶とデスペレートな行動を、拡大レンズにかけたようにクローズ・アップしたもので、戦争下「朝鮮文壇」の貴重な側面史ともなっている。一九四二年十一月、大東亜文学者会議が東京でひらかれ、古丁、呉瑛、沈啓允、周作人、バイコフ、草野心平、山田清三郎などが、満洲・中国代表として参加した。この一行を帰途京城に迎えて、朝鮮文人協会が交歓のつどいをひらいた事実がこの小説の背景となっている。文人協会の辛島駿、崔戴瑞、鄭人沢、緑旗聯盟の津田某（剛であろう。引用者）など、当時の「朝鮮文壇」の花形たちもそれぞれ変名で登場する。これらの作中人物の観察が、実在のモデルにくらべても的確であるということについては、金達寿の証言がある。

金達寿の証言（『太平洋戦争鮮文学――金鍾漢の思い出を中心に』『文学』一九六一年八月）も少し長いが孫引きで引用しておきたい。

当時のこのいわゆる『国民文学』を推進していたのは朝鮮人側としては評論家の彼で、この人物（崔戴瑞）は、戦後、田中英光の小説『酔いどれ船』に登場してくる崔健栄のモデルであるが、それにはこう書かれている。

「――軽石のような仏頂面で崔建栄が入ってくる。このひとは昔、京城帝大始まって以来の好成績で、英文科を卒業し、かつてはマルキシズム文芸理論家として、朝鮮第一の人物だったという。その故か、石のような頑固さがあり、今でも時によると、本府の役人なぞに、火の玉のような勢いで食って掛る。役人はしまいには、いつも権力で、相手を圧倒する。そんな風に圧倒された時の、崔の口惜しそうな顔は見ているひとの心まで、暗く哀しくする程の凄まじさだった。それ故、誰もがいま、崔の胸に一物あり、率直に生きていないのを感づいている。だがそれだけに、彼の裏面の生活はやはり日本の軍官権力と結びついていたものと想像される。だから、彼は泣いても泣ききれぬような、やりきれぬ生活をしているのだろう。酔った時の彼の酒癖の悪さは有名だった。唐島博士（辛島驍）でも都田二郎（引用者注：緑旗聯盟の寺田瑛か津田剛）でも見境いない。腹の底から軽蔑している態度で、泣くが如く怒号し、手もとにある皿小鉢、（ママ）手当たり次第に、叩きつけるのだった」。

私はいま、この一文を書くために田中英光のこの小説『酔いどれ船』を読みかえしたものであるが、崔戴瑞をモデルとしたこのくだりを読んで、一つの感想を持たないわけにはゆかない。いうならば、田中英光の方がはるかに彼を深いところでつかんでいたということである。

金允植は崔戴瑞がマルキシズム批評家だったというのは「事実無根」だが人物像は符合していると述べた上で、当時を生きたいわゆる「半島文人」たちの恥辱の感情は黒塗りされた現実の視点から、内鮮一体と国民文学の論意識徹底に日本人として直接に干与した田中英光の作品として「碧空見えぬ」と『酔いどれ船』を挙げている。そして、前者は小説[*8]

家森徹（李石薫＝牧洋と推定）をモデルとして「半島文人」の内鮮一体の徹底化を加害者の立場からほとんど事実そのままに描かれていると言い、加害者の感情は『酔いどれ船』に集大成されているとも言う。『酔いどれ船』を読むには『天馬』を先ず読まねばならぬとも。『天馬』に登場する内地作家田中は、田中英光そのままでは無いが、戦争下、「植民地朝鮮に君臨して、作家としてまた加害者として、退廃と享楽に身をまかせ、作品行為を行った田中英光の内面風景」を金史良がよく把握していたことが認められる。内地作家の心理を鋭く観察しながら東京文壇で地歩を築いていた金史良に、英光は対決意識とコンプレックスを抱いていただろうと金はみる。『天馬』は田中英光たち『緑旗』派に対する金史良の鋭い攻撃になっているとも。『酔いどれ船』はたしかに『天馬』を意識して書かれている。

『天馬』の登場人物、すなわち玄龍・文素玉・大村・田中・角井らは『酔いどれ船』では玄龍を除き、女性詩人廬天心＝文素玉、青人草連盟（緑旗連盟）の都田二郎＝大村、大学教授辛島博士＝角井は明確に符合する。『酔いどれ船』では他に作者自身の享吉、牧徹（牧洋）、安斗性（専門学校英語教授、評論家）、新聞社学芸部長白哲（白鉄）、則竹（則武三雄）、『朝鮮文学』（『国民文学』）主幹の崔建栄（崔載瑞）らが登場し、享吉が東京で開催された大東亜文学者会議終了後、帰途朝鮮を通過して帰国の中国・満洲・蒙古代表作家を釜山まで迎えに行き、京城で歓迎会を享吉が準備役になって開く話だが、そこに白系ロシア人ハリコフを巡るスパイ事件を絡ませて、スパイ小説・冒険小説仕立てを混入し、さらに薄汚い男と女の性欲小説となっているが込み入った展開になっていて梗概は紹介しにくい。

結末は盧天心が辛島博士の腕の中で都田二郎に撃たれて死に、享吉は憲兵隊に流言蜚語容疑で逮捕され、日本敗戦の日まで竜山の陸軍刑務所に投獄されることになるが、連行されながら、この逮捕は「(恐らく昨夜、都田が狂気直前の手配によるものだろう。墓地内の怪死体に続き、明月館、ホテルの相次ぐ惨劇の秘密のキーを握るものとして、俺は責めぬかれるに違いない)それでも盧天心の面影のために、享吉は死ぬまで黙っていようと心に誓った。」のだったとあり、「ここ(引用者注:刑務所)では、享吉が最期までアル中による妄想症として振舞い、盧天心への清らかな愛情の前に、誰も友人を売らなかったことだけつけ加えておきたい。これは坂本享吉と盧天心の奇妙な恋の物語なのである。」が結語になっている。

以上の紹介ではストーリーは茫漠としていて作品の全容の把握は無理だろう。英光は大量の薬物摂取と相変わらずの鯨飲で幻視や幻聴に悩み、暴れたりもしながら書き続け、死の二ヵ月前にこの作品を完成させている。発表当時は注目されなかったが金達寿の戦争下の「朝鮮文壇」を知る上で不可欠の作品と論じた頃から急速に評価が高まり、川村湊による長文の田中英光論「〈酔いどれ船〉の青春——もうひとつの戦中・戦後」(『群像』

一九六六年八月）によって作品の意義が認識されるようになった。

川村湊はかなり長々と梗概を述べてはいるが、長いとはいっても二段組四ページ弱の説明では同じく二段組一四九頁（『全集』第二巻）の作品を説明しきれはしない。

一九四二年一一月四日、日本文学報国会が東京で主催した「第一回大東亜文学者大会」に出席した朝鮮代表が帰国したのと、中国、満洲、蒙古代表がその帰途京城に立ち寄った彼等の歓迎会を開いたのは事実で、林鐘国の『親日文学論』（大村益夫訳）によると、この大会に朝鮮代表として出席したのは香山光郎（李光洙）、芳村香道（朴英熙）、兪鎭午、辛島驍、寺田瑛の五名だったという。会修了の九日に東京を発って帰途につき、一三日釜山着。白鉄、金村龍済（金龍済）、鄭人沢、田中英光らに出迎えられて京城に向かい、京城では京城帝大講堂での大東亜文学者会の報告の講演会が開催され、その後、市内の有名料亭明月館で朝鮮文人協会と官民有志の共催による招待宴が設けられ、翌日は市内見物、総督府訪問後、満州鉄道で京城駅から帰国したとある。見送りには大勢がつめかけ、招待者に女性詩人盧天命（『酔いどれ船』での盧天心）の花束贈呈でセレモニーは終わったらしい。

『酔いどれ船』に書かれたこのセレモニーはほぼ事実通りだが、特に射殺事件や享吉の投獄を含むその他は虚構である。川村湊はこの作品について、「大まかに結論的にい」えば、「大東亜文学者歓迎会という事実を基にして田中英光が紡ぎ出した架空の〝妄想〟的なストーリーであって、そこにはヒロイズム、被害妄想、少年じみた純愛思慕、センチメンタリズム、自己贖罪感、自己正当化といったあらゆる要素をごった煮にされ、酩酊のはての悪夢、酔余の幻想として書き綴られているのである」とまとめているがその通りだろう。だが登場人物には田中英光の主観的デフォルメで色づけされていて、草乃心兵＝草野心平は無難としても則竹＝朝鮮警察警務局嘱託の則武三雄の戦争使嗾者面には何の疑問も感じていないらしい。学生時代からの友人の親しさから、酔ったまぎれに京城で一番人通りの多い鮮銀前広場中央の水涸れになった噴水台上で則竹に脱糞させる場面が作品の幕開けになっている。開巻直後のこの場面の不快感は最後までつきまとう。

悪役扱いされている日本人として作中では京城帝大教授唐島博士（京城帝大文学部主任教授、朝鮮文人協会幹事、国民総力朝鮮聯盟文化部委員、第一回大東亜文学者大会朝鮮代表、朝鮮文人報国会理事長の辛島驍）、青人草連盟代表都田二郎（総督府がバックアップの緑旗聯盟の教務局主事、緑旗連盟主幹、国民総力朝鮮聯盟宣伝部長・津田剛）、京城日報の田村学芸部長（毎日申報学芸部長の寺田瑛か）の三人が挙げられるが、享吉が盧天心からどんな卑劣なことでもする唐島博士に注意するようにと囁かれる場面がある。辛島驍・津田剛（京城帝大予科教授で「緑旗連盟」創設は実兄の津田栄）の総督府の皇民化運動の御用ジャーナリストとしてのプロパガンダ発言の凄まじさはすでに書いてきた通りである。辛島驍、津田剛・

栄（『緑旗』には妹二人も複数回登場）とはどんな人物なのか人物事典等には見当たらない。朝鮮文壇を牛耳っていた悪質なイデオローグなのだが、戦後の田中英光はじめ著名日本人文学者たちに日本帝国主義の走狗となってファナティックに「内鮮一体」「皇民化」「八紘一宇」の浸透に本気で取り組んだことに対して自己批判はみられない。

戦後二〇年も経ってからの辛島驍に「戦没朝鮮人学徒兵は結城尚弼君だけではない。あの日京城をたっていった学生のうちにもとうとう帰れなかった者があったはずだ、京城からばかりではない。日本内地から出陣した学生も加えれば朝鮮人学徒兵の数はおそらく数万に及んだであろう。そのうちどれだけが尊い生命を散らしたのであろうか。／今年も八月十五日に全国戦没者の追悼式が行われた。それも、靖国神社の境内でであった。戦没朝鮮人学徒兵には誠に申しわけなく、断腸の思いがする。………／我々日本人のために、自ら血を流して死んでいった彼等に対して、戦後我々は何をしたであろうか。かえりみることも無く打ち捨てて良いものであろうか」（「朝鮮学徒兵の最期」『文芸春秋』、一九六四年一〇月）という文章のあることを川村文から教えられた。戦時下の夥しい彼の発言を読んできた私には「今さら、何を」の感想しかない。だが、戦後二〇年経ってからとはいえ、靖国の英霊になることを栄誉とたき付け、歓呼の声で死地に送り出した学生への慚愧の念に目覚めたのは諒とすべきだろう。『酔いどれ船』にはこの種の懺悔も自己批判も反省もみられない。魔窟に通う薄汚い性欲と酒浸りの醜態描写が多くて投げ出したくなる。

『天馬』と『酔いどれ船』

すでに触れてきたが『酔いどれ船』は『天馬』を意識して書かれていることは明白だろう。『天馬』は津田左右吉の『古事記及日本書紀の研究』までが発禁になる出版法違反による起訴が相次ぎ、大政翼賛会発会、紀元二六〇〇年記念式典、文化統制強化に向けての内閣情報局発足という太平洋戦争勃発前年の思想の自由はとっくに死滅し、言論の自由圧殺が猛威を振るった時節に発表された作品である。

関東大震災時、流言蜚語によって六〇〇〇人以上の「朝鮮人」が官民によって虐殺された負の歴史は現在も生き続けていて、在日コリアンたちを排斥するヘイトスピーチをネットと路上で高唱し続けている「在日特権を許さない市民の会」(「在特会」)の前会長が都知事選に立候補して一一万四一七一票を獲得し、立候補者二一人中五位だった現実に慄然とするが、圧勝した小池百合子は在特会が協賛する講演会講師を務めるなどネット右翼層との親和性が高い(『東京新聞』一六年八月四日)という。小池は日本会議とも親密な関係をもつという。今後の都政が危ぶまれる。

日本の韓国に対して行ってきた加害の実態を知れば逆に「在特会」の犯罪性が露呈されるのだが、為政者をはじめとして知ろうとしない人が多すぎる。そこで現在を生きる私たちには想像不可能な厳しい時代にあって『天馬』を書いた金史良について、簡単に紹介しておきたい。『天馬』について金允植は「この作品は朝鮮文学が今まさに消滅せんとするその直前の時期を背景にして」「植民地文学者たちの苦悶と卑屈さとを、性格破綻者である小説家玄龍を通じてみせてくれた」もので、「民族を母胎とする近代文学が、異民族の強制によって、いかなる文化的破綻がもたらされたかという問題を、もっとも鋭く、そしてまさに問題とされている日本語によって書いた点」に重要性があると述べている。登場人物は虚構化されているが、玄龍は大江龍之介と創氏改名した金文輯、田中は田中英光、大村は総督府御用団体として猛威を振るった『緑旗』及び緑旗聯盟の責任者津田剛、角井はえせ学者辛島驍であろう。

玄龍は「親日文学の葛藤の中で性格破綻にいたった当時の朝鮮文学者を代表する人物であり、大村ほか田中、そして角井は、加害者の顔を代表する人物だとみることができる」とあって、作品の意図について作者自身の言葉を引いている。

拙作『天馬』の中において、私は否定的な面にのみ執拗に食ひ下がった趣はあるが、それでもやむにやまれぬ気持ちで、かくも憎むべき主人公をよくよく横行させせる社会を呪ひ、且つさういふ人物をみて朝鮮人全般を兎や角云って貰っては困るといふことをも暗示したかった。(『朝鮮文化通信』一九四〇年九月)

戯画化されているが主人公玄龍の中には社会的批判、民族的悲哀が重く流れている。『天馬』に登場する「内地作家」田中が田中英光そのものではないが「戦争末期、植民地朝鮮に君臨して、作家としてまた加害者として、退廃と享楽に身をまかせ、作品行為を行なった田中英光の内面風景を、金史良がよく把握していた」ことが認められると金允植は書いている。

『酔いどれ船』は金允植が言うように『天馬』に描かれた「『田中』および『緑旗』派への攻撃に応えるために書かれたのだろう」という川村湊の推測を是とすれば、戦時下に書かれた作品に対して大転換を遂げた戦後に而も八年も九年も経ってから結果的には絶筆的作品とも言える長編を書かなければならなかった意図はどこにあったのだろうか。『天馬』における田中攻撃は、田中英光の内部でくすぶり続けていたということなのだろう。『天馬』における主要人物は『酔いどれ船』での玄龍を除いた人物と符号する。盧天心は文素玉、青人草聯盟の都田二郎は大村、唐島博士は角井に対応する。

『酔いどれ船』にはなお作者自身を投影させた享吉のほか牧徹（牧洋）、安斗性（評論家）、白哲（白鉄）、則竹（則武）、『朝鮮文学』（『国民文学』）主幹の崔健栄（崔戴瑞）らが登場し、大東亜作家大会に参加して帰ってきた文学者たちを迎えて京城で歓迎会を開いたのは事実だがそれ以外はすべてといっていいほど虚構であり、しかも戦後の作品であることに留意しなければならない。そこで参考として金史良の略歴をごく簡単に見ておきたい。

本名金時昌の金史良は一九一四年に平壌屈指の富豪家に生まれ、兄は「朝鮮人」として最初の総督府専売局長になった人。三三年、佐賀高校（現佐賀大学）に入学し東京帝大独文科に進学、学生時代に村山知義の知遇を得、『文芸首都』発表（一九三九年一〇月）の「光の中に」が芥川賞候補になって張赫宙と共に日本文壇に地位を得たが、厳しい弾圧によるプロレタリア文学の後退は「内鮮一体」を唱える統治権力隷従強要の厳しい植民地政策によって四一年一二月検挙され、翌一月釈放後帰国。しばらくの沈黙の後、「太白山脈」を『国民文学』に連載。この作は皇民化徹底時局下にあってぎりぎりの抵抗作だったといえるだろう。これが日本語で書いた最後の作品となった。

以後は時局協力のいわば「宣伝小説」を朝鮮語で総督府機関紙の御用新聞「毎日申報」に連載したが、朝鮮語で国策便乗の親日文章を書いたことへの挫折感から筆を折ってドイツ語教師になる。四五年二月、国民総力朝鮮連盟兵士後援部から「在支朝鮮出身学徒兵慰問団」員として北京に派遣されたのを機として、五月、途中で工作員の手引きをうけながら日本軍の封鎖線を突破して華北朝鮮独立同盟の連絡地に辿り着き、目指した同盟の本拠地に着いたのは約二ヵ月後だったらしい。脱出行から抗日陣営に着くまでの経験は『駑馬万里』のほか、「胡蝶」「ドボンイとベベンイ」など徹底的抗戦をよびかける戯曲を書いているという言うがどんな作品だろうか。日本敗戦後、平壌に戻って解放後の新しい社会状況下で作家活動を始め、朝鮮戦争で北の軍隊に従軍して従軍中に死亡したらしいが、死の詳細は不明のようだ。惜しまれる三六年の生涯だった。

以上の素描からも金史良の短い生涯は日本帝国主義に翻弄された犠牲者だったと言わねばならぬだろう。母語として韓国語で育った者が富裕家庭の子として生まれた幸運から得た留学によって身につけた被植民地の本来は外国語の日本語が不幸に逆転して、自国語の韓国語を放棄して筆を折るか、日本語で延命を図るかの二者択一を迫る、韓国語＝民族語の抹殺政策の本格化（一九四一年）の前年作である『天馬』は研ぎ澄まされた目で読まねばならぬ。『天馬』発表に先駆けて李光洙は、

わたしはいまになってこうした信念をもつにいたった。すなわち、朝鮮人はまったく朝鮮人であることを忘れねばならない、血と肉と骨がすっかり日本人になってしま

わねばならないと。(『心的新体制と朝鮮文化の進路』、四〇年四月、『毎日新報』)

今では、祖国日本より離れようなんて夢想してゐるものは一人もないだらう。ただ、われわれは本当に日本人になれるのかな、本当にわれわれを尋常一様の日本人にしてくれる気かなと、不安がってゐるだけである。(『内鮮一体随想録』中央協和会刊、四一年、創氏名・香山光郎)

と発言していて、「皇道精神の昂揚」に尽力を惜しまなかった『国民文学』主宰者の崔戴瑞の先駆者だったのだ。

李光洙について贅言を差し挟みたい。大学への韓国人留学生の学位論文指導に当たった時、彼女らの口からしばしば漏れ出た李光洙は、儒教の国韓国に於ける女性解放を唱えた韓国文学史上先駆的文学者の認識にたち、反日独立運動の闘士として活躍した尊敬すべき文学者という位置づけだった。当時、韓国文学史、韓国文学者についての知識皆無だった私は彼女らの評価を知識として受容し、納得していた。今となっては慚愧に堪えないがのみならず、韓国の戦後世代の人たちにとって韓国近代文学の始祖的認識が通用しているのは、日本の場合にも通底するが、戦争犯罪糾明の不徹底性さによるためだろう。

まとめ

『酔いどれ船』は戦後の民主主義昂揚期に書かれた作品である。戦時下の厳しい時期に書かれた『天馬』が脳裡にあっての作品と考えられる。『国民文学』『緑旗』その他での活躍ぶりを見てきた田中英光について『傷痕と克服』の著者金允植は、「太宰治の推薦で文壇に登場、一九四〇年『オリンポスの果実』で名声を博し、ソウルにいたもう一人の日本人詩人則武三雄とともに、日帝思想善導に努力した悪質な文学者であった。われわれがあえて『悪質』という表現をためらわないのは、それが文学と思想に関連しているからである。とくに田中は、金史良の『天馬』という作品のなかにも、堂々たる加害者——親日韓国文学者たちの救世主として登場している。まったく田中は、小説においてとはちがって、実際はもっとも忠実な皇道主義者であった」と述べている。

この本の訳者でもある研究者の大村益夫も、次のように書いている。

田中英光は朝鮮文学界の帝国主義的再編成に力を貸した犯罪者である。朝鮮人と接触し、朝鮮人を「深いところでつかんでいた」としても許すわけにはいかない。ただ、かれは権力機構のなかに身をおいていることに罪の意識をもっていた。軍、官、財界をふとらせるために仕事をしている自分がおぞましくて酒を飲み、酒を飲んではいっそう自己嫌悪におちいっていった。そこに一部の朝鮮人文学者たちとの間に、ある種の共犯者意識にも似たものがはたらいたのであろう。かれが侵略側の民族の一員である限り同列には並べられないが。（『第二次世界大戦下における朝鮮の文化状況』、『社会科学討究』四三号、一九七〇年）

川村湊も「朝鮮時代の田中英光は〈内鮮一体〉の政策に加担し、積極的にいわゆる『国民文学』のイデオローグとして活動したのであり、それは大村益夫が『田中英光は朝鮮文学界の帝国主義的再編成に力を貸した犯罪者である』と批判するように、植民地政策の協力者として弾劾されるべき」であって、「植民地朝鮮でのいわゆる国民文学運動においてはたした役割は『明白』」だ」と述べ、重ねて「彼は『諺文《オンモン》』の読めない内地人作家として〝国語（日本語）一本槍〟であることをむしろ優位の条件として、朝鮮人文学者たちに、〝国語〟で作品を書くことを奨励し、暗に強要した」と批判している。さらに、「朝鮮を去る日に」の中で「諺文文学を揚棄して、一日も早く国語文学一本建となすべきだ」（既発表拙論で引用）と書いているが、「それが彼にとって何のためらいもない」「真理だった」からで、この感覚は『酔いどれ船』に「そのまま保存されてい」て、『酔いどれ船』は「一種の転向小説」とあるがまさにその通りである。

金允植は朝鮮人作家の「言語朝鮮」から「言語日本」への選択と移行過程問題について「内鮮一体に協力した作家」「内鮮一体には協力しなかったが主に日本語で作品活動した作家」「韓国語を最後まで守ろうとした作家」に分けてその代表作家をそれぞれ林和、金史良、李泰俊としていて、韓国における解放直後（一九四五年一二月）に行われた座談会（発表は、「文学者の自己批判」『わが文学《ウリ》』一九四六年創刊号）での発言を載せている。

発言の要点は、当時は「死なずに生きていることが最大の反抗のようにみえるほど息をするのさえ困難」だったので、「国内を脱出して延安に行ったのは、厳密な意味では一つの逃避といえるでしょう」、国内の革命陣営と連絡がとれず、海外の革命勢力の闘いの事実を「国内の同胞に知らせたい作家的野心」が「延安行の動機」で、日本語で書いたのはそのほうが少しでも自由に書け、弾圧が減るだろう、その上、「朝鮮の真の姿、われわれの生活感情等を『リアル』に」訴えられるだろうとの「高い気概と情熱」によったのだが、これは「誤謬」だったという解放直後の「率直な告白」であるこの発言は重い。

日本及び日本人が韓国＝韓国人（朝鮮人）の生き方＝心に与えた傷痕は限りなく深い。金史良の自己批判は素直に受け止められる。一方、韓国に対して、韓国の人民に対してその尊厳を奪い、語り尽くせぬ犯罪を犯した日本・日本人として〈内鮮一体〉〈皇民化〉推進に大活躍した田中英光には、その犯罪行為に反省、懺悔の心は戦後作『酔いどれ船』においても私には見られない。田中英光の犯罪性は六九四ページにもなる『田中英光事典』(三弥井書店、二〇一四年四月)には徹底批判されず黒塗りされた感がある。

古くは大逆事件、戦時下の横浜事件、戦後の松川事件に象徴される恐怖が咄嗟に想起される「共謀罪」を名称を変えて数の力で決めてしまったような昨今の政情には慄然とさせられるが、『日本国憲法』で誓った「恒久の平和」を維持し続ける為に負の歴史をしっかりと学ばなければならない。

*注

(1) 133頁　二〇一八年一月三〇日の新聞に、「大飯　地震想定を『過小評価』」、「規制委、識者の主張聞かず」、「審査のやり直しが必要」とあり、原子力規制委員会の姿勢に批判や疑問続出とあった。

(2) 133頁　台湾でも」立法院が二〇二五年までに原発を完全に廃止する電気事業法の改正案を可決した。

(3) 133頁　地震ではないが、二〇一八年七月、西日本を襲った豪雨の被害はすさまじかった。二〇〇人もの死者を出し二階まで泥水に襲われる映像に震えた。豪雨の警報が出ていたなかで安倍総理大臣はじめ閣僚を含む為政者たちは酒宴を開いていたとは!!　全国から集まったボランティアの人たちの猛暑のなかでの命がけの作業を、彼らはどう見ているのだろうか。政治の劣化が日本を滅びの道に進ませている。

(4) 134頁　沖縄は日本の領土なのだろうか。米軍はまるで自分たちの運動場の感覚だ。二〇一八年の一月だけで伊計島、読谷村、渡名喜村の民間地に米軍ヘリが墜落、一七年一二月には宜野湾市で体育の時間中に小学校の運動場に不時着した。奇跡的に危機一髪、惨事は免れたが、四年生と二年生の授業中で生徒たちとの距離は十メートルだったという。圧倒的に沖縄に集中しているが米軍機による事故やトラブルが後を絶たない。知事を始めとして県民こぞっての憤怒、常時の不安感に米軍は馬耳東風だ。これに対して官房長官の「あってはならないこと」、防衛相の原因究明と安全確認まで飛行自粛要請をし、「外交ルート」で遺憾の意を伝えたとの決まり文句。そんな程度では痛くも痒くもないらしく直ぐに再開して事故、トラブルの繰り返しだ。沖縄差別の原点は安保と地位協定だ。日本政府の米国への直隷ぶりには言葉を失う。日本は独立国なのだ。

（5）135頁　日本は世界有数の借金国なのに二〇一七年度の予算に驚き怒ってはいられない。二〇一八年度の一般会計予算は前年度より〇・三％増の九七兆七一二八億円で、六年連続増加かつ過去最高。防衛費は一・三％増で五兆九七六九億円で四年連続増、かつ最高額。先進国中最悪の財政状況にもかかわらず、日米首脳会見で、「日本が膨大な兵器を買うことが重要」のトランプ大統領に安倍首相は「米国からさらに購入していく」と約束している。そのお金は誰のものだと思っているのか。

（6）135頁　二〇一八年一月二二日、雪交じりの小雨降るなか、文京区で弾道ミサイルの発射に備えた避難訓練が行われた。「都心部であえて無意味な訓練をするのはなぜか。訓練映像を国民が目にすることで、『危機が迫っている』と言う世論を作る目的があるのではないか。本気で国民保護を考えているなら原発自治体でこそ避難訓練を重ねるべきだ。」（奈良本名誉教授談。『朝日新聞』夕刊、一八年一月二二日）

（7）136頁　二〇一八年一月一日の『東京新聞』掲載の平田オリザと斎藤美奈子の「新春対談」で、大阪大学の学生が一年間に読んだ小説は一冊だけという学生が一番多くて、ゼロ冊もいたと発言されていて、愕然、憮然とさせられた。他大学も同様だろうか。若者の知性・理性劣化、政治に関心なしも宜なるかな。

（8）142頁　四八年八月、李承晩を大統領として樹立された大韓民国は第一回国会で「反民族行為処罰法」が通過、反民特別調査機関法を公布。四九年一月から反民特委によって李光洙、崔南善他が西大門刑務所に収監された。だが李光洙の地元民の釈放要求で一ヵ月足らずで出監、国内政治の左右対立の激化により、反民特委委員は総辞職し、〈親日派〉は法的処罰から免罪され民族反逆者の親日派についての論議はタブー視されるようになり、文学史の暗黒期は人々の記憶から急速に忘れ去られていった。日本にも言える現象であり、戦争協力・使嗾者追求の不徹底が、今日の「戦争のできる国」へ施策を加速させている現状をうみだしていると言えよう。

コラム◉天皇「陛下」の呼称と即位行事の問題

安倍内閣は憲法違反を平然と、違反意識もなく犯し続けているが、現天皇は事ある毎に憲法を言葉に出され、厳守の態度を闡明しておいでになる。安倍政権が問題視希薄な「負」の歴史もよく学んでいらして、慰霊の旅を続けておいでには感動される。同世代ということもあり、学部時代、目白駅近くの喫茶店田中屋で、皇太子時代の天皇をまじえた学習院のグループと私たち女子大生グループは定席のように隣りあうことが屡々で、「あら、またいらしてる」と、ちょっと黙礼しあったりの思い出もあって親しみを感じている。天皇制には異論を持つが今は措き、まず、「陛下」の呼称を問題視したい。天皇は、憲法には詳しいのに「陛下」の呼称の語義には特別意識されておいでではないようだ。皇居出入りの歴史、法律学者がなぜお教えしないのか、意図的なものを感じてしまう。

「陛下」について『大漢和事典』（諸橋轍次著）には、「陛」は「きざはし」「高いところにのぼる階段」で、「陛下」は、「きざはしの下の意。臣下が天子を称する辞。秦に始まる。天子には必ず近臣が兵を執つて陛側に立つて不虞を戒める。臣下が事を天子に奏する時は、直ちに天子に指斥せず、陛下にある持戟の臣に告げて奏上するからいふ。卑より尊に達する意」とある。

また『字通』(白川静)によると、「陛」は「坒(へい)」と「𨸏(ふ)」から成り、「坒は土階上に人の並ぶ形」で「陛」は「高きに升るきざはし」のこと。「𨸏」は「神梯の象で、聖域を示す」とあり、「陛下」は「天子の尊称。階陛の下より拝謁する意」とある。簡単に纏めると、高所の尊・聖域におわします天子に階陛の下から臣下が奏上、拝謁する意となる。主権在民、人権(男女・夫婦)平等の憲法下では「死語」であるべき用語である。著名な憲法学者に質したところ、「確かに憲法違反です」とのことだった。にもかかわらず、法務大臣・総理大臣はじめメディアから国民まで、天皇の固有名詞のように平然と使っている。あろうことか、妻である美智子皇后が夫を、子息である皇太子が父を「陛下」とお呼びしているのは憲法違反の最たるものといえるのはないだろうか。

天皇退位と新天皇即位の日が近づいている。現天皇・皇后ご夫妻には本当にご苦労さまでしたと心から感謝したい。問題は即位行事である。現憲法、現時代にふさわしい行事にすべきだろうのに、自民党は明治時代の方式を踏襲することに決めたらしい。まるでマンガチックな神話に基づいた長期にわたる壮大な行事のようだ。外交官として活発に働いていた雅子さまにお雛様のような幾重もの重い衣装に身を包まれての連日に耐え得るだろうか。ご病気悪化が懸念されておいたわしい。この行事中最大の問題点は大嘗祭である。折口信夫論によると、新天皇は大嘗宮に敷かれた神座で衾にくるまり天照大神を迎え、神膳供進と共食儀礼を中心とする祭祀を行い、天皇霊を身にうけることによって天皇は神になるという「真床襲衾《まどこおぶすま》」であり、一言でまとめると、大嘗祭は、現人神《あらひとがみ》を生み出す宮中祭祀の中心的宗教儀式なのだという。

天皇は人間宣言をされていて最早神では無い。人間天皇を私たちは親愛感を抱き尊敬しているのであって、神にされたら、天皇ご自身も耐えられぬだろう。安倍首相はじめ小池都知事その他為政者たちをトップにする「日本会議」の近年の膨張ぶりへの危機感に怯えさせられる。「日本会議」は『国民文学』を生み出した戦争の時代、換言すれば、大日本帝国憲法、教育勅語の時代への回帰を目指している恐ろしい組織だから。

「陛下」の呼称および、即位して天皇の座に着けば神になるとんでもない行事はやめさせなければならない。こんな事は言えなくなる時代になっては大変なので敢えて付言した。

終章

言わねばならぬこと

大本営発表

＊朝日新聞の場合

『国民文学』刊行末期の頃、日本人とされた韓国（朝鮮）の若者たちが天皇の御楯となって命を捧げることを誇りとして勇躍戦場に赴き、あたら命を落としていた頃の日本（内地）の現状はどうだったのか。信じさせられていた大本営発表によって当時の状況を思い描く手立てとしたい。

まず、『朝日新聞』によって。

ここに『ガラスのうさぎ』という本がある。著者は高木敏子。一九七七年に金の星社から刊行されたノンフィクションである。東京の本所区（現・墨田区）両国に生まれ育った著者が一九四五年三月一〇日の東京下町大空襲で母と妹二人を亡くし、探しても見つけ出せなかった骨の代わりに焼け跡から拾った茶碗のかけらを遺骨の代わりとして墓に埋葬し、父と新潟に疎開しようとしていた駅で米機の機銃掃射にあい、目の前で撃たれて死んだ父を火葬場に運んだまだ一三歳の少女だったときの悲惨な体験が描かれている。表題は、焼け跡で拾った溶けてぐにゃりとなった置物のガラスのうさぎに因む。

ところで、メディア学者石田英敬が、「新聞が最大の情報源だった時代は、翌日の朝刊がくるまでは『現在』が固定されるので、注意力を傾け、思考を深めることができた。ところがテレビ、さらにはインターネット、SNSの時代になると、『現代』が頻繁に更新されるため、注意力が分散されて深く思考できません。その上、新しい情報を入れるために、古い記憶はどんどん消去されていく。いまやメディアは、出来事を人々に認識させる伝達装置であると同時に、片っ端から忘れさせていく忘却装置となっているのです」(『朝日新聞』二〇一三年一〇月一八日)と述べているが、「新聞が最大の情報源だった時代」の「時代」には括弧が必要だろう。治安維持法跳梁の時代、とりわけ戦争が敗色濃くなってからの新聞は「最大の情報源」たり得ていない。秘密保護法の国会通過がもたらすかもしれない最悪の状況を射程、文脈に入れて考えて見る必要があるだろう。そこで、戦時下の新聞報道による伝達がどのようなものであったかをみてみたい。

一九四五年三月一〇日の東京下町大空襲は、六トン以上の焼夷爆弾を搭載した三四四機のB29の機銃掃射によって焼き尽くされ、焦土と化した街は阿鼻叫喚の巷となった。犠牲者は、縁者が引き取った遺体約二万人、無縁仏・行方不明者の遺体約八万八〇〇〇人といわれ、単独の空襲による犠牲者数では世界史上最大とされている。遺体によって確認された死者のほか高木敏子のように骨すら見つけられなかった例も多いだろうし、さらに、負傷者、被災者、被災家屋、その上に看過できない朝鮮人始め外国人の犠牲者の詳細は不明のままらしく、戦争の実態を示す三月一〇日の真実は今なお本当には明らかにされていない。犠牲者すべてに高木敏子が語るような悲惨な物語があったのだろうから。ちなみにアメリカ側の損害は撃墜・墜落一二機、撃破四二機だったという。

新聞はどう伝えたか。三月一〇日の翌日一一日の紙面は大本営発表として、「B29約百三十機、昨暁/帝都市内を盲爆/約五十機に損害、十五機を撃墜す」で、小磯首相放送として「憤怒・滅敵へ起て/罹災者を激励」とのみあって修羅の巷と化した現状の報道はない。『断腸亭日乗』（永井荷風）のこの日の記述は長文である。

「わが偏奇館焼亡す」、「隣人の叫ぶ声のたゞならぬに驚き日誌及草稿を入れたる手皮包を提げて庭に出でたり」、「偏奇館に隠棲し文筆に親しみしこと数れば二十六年の久しきに及」んだその家から着の身着のまゝで逃げ出し、我が家が焔の中に焼け倒れるのを見るに堪えられずその場を立ち去ったが偏奇館が燃える焔の激しさは蔵書が燃えたためだろうとある。「三十余年前欧米にて購ひし詩集小説座右の書巻今や再びこれを手にすること能はざるを思へば愛惜の情如何ともなしがたし」と記す心情の悲痛さは格の違いすぎる僭越を承知の上で言うのだが、書物・資料なしには生きられぬ仕事をもつ私にとって身につまされる絶望感である。「猛火は殆東京全市を灰になしたり。北は千住より南は芝田町に及べり、浅草観音堂、五重塔、公園六区見世物町、吉原遊郭焼亡、芝増上寺及霊園も烏有に帰す、明治座に避難せしもの悉く焼死す、本所深川の町〻、亀井戸天神、向嶋一帯、玉の井の色里凡て烏有となれりと云」ともあって、慣れ親しんだ町の喪失への思いは深い。

一二日の新聞は、「神州敵の窺窬を許さず」「数千年の底力発揮／敵上陸せば殲滅／作戦に呼応、必勝策強行」という首相の決意表明をトップに挙げ、「比島に敵廿萬釘付け／硫黄島血の奮戦／全軍特攻、天機捉へん」の陸相による戦況報告と、「全軍の士気壮烈／隠忍必ず敵を洋上殲滅」の海相の所信表明が載る。空襲で壊滅状態となった街、かろうじて生き残れた人たちの苦悶の実態は報道されず、「起上らしめよ罹災者／国民・果敢な号令を待つ」「全都民まさに戦士」とあるのみである。

以後、終戦までにB29延一万五〇〇〇機の五四都市来襲によって壊滅的打撃を受け、前線基地は次々に敗戦、沖縄守備隊全滅（戦死九万、非戦闘員死者一〇万）の戦況にあって、報道は特攻隊頼みで戦果を過大に伝え続けている。紙幅の都合からほんのいくつかの見出しを挙げてみよう。この頃の状況を時系列的に知るために前掲と重複する部分のあることをお許しいただきたい。

三月一二日の、「神州敵の窺窬を許さじ」「数千年の底力発揮／敵上陸せば殲滅／作戦に呼応、必勝策強行」（首相決意表明）、「比島に敵廿萬釘付け／硫黄島血の決戦／全軍特攻、天機捉へん」（陸相戦況報告）、「全軍の士気壮烈／隠忍必ず敵を洋上殲滅」（海相所信表明）、一三日は「不滅の空襲対策へ／今こそ非常措置／戦況激化に憤怒の眦」をトップに、大本営発表として「Ｂ29約百卅機夜間／名古屋を盲爆／約六十機に損害、廿二機を撃墜」、「大陸の荒鷲」「〝量〟の敵機を制圧／烈々の気魄、決戦へ待機」、二二日の大本営発表は「硫黄島遂に敵手へ」「最高司令長官陣頭に／壮烈・全員総攻撃／敵の損害三萬三千」と、「避退の敵機動部隊猛追／正規空母二を撃沈破／荒鷲なほ戦果を拡充中」「特攻隊突入」、首相放送の「国難打開の途」には「断乎戦ひ抜かん／活かせ硫黄島勇士の魂」などとあり、二五日は「神潮特別攻撃隊／必死必中・新鋭特殊潜航艇」「太平洋を隠密挺身／在泊敵艦隊を覆滅／純忠廿八勇士　菊水隊、金剛隊」と特攻隊員を称える紙面構成になっている。

情緒的用語や読み方、意味不明の漢語の多用は感情への訴え、空疎な内容の糊塗の表れであろう。空襲の惨禍にさらされた国民にとって本当に知りたい情報は隠されて、誇大な戦果を挙げて戦意を煽る激語が並ぶ紙面となっている。焼け出されてあちこちを泊まり歩いていた荷風の五月一日の日記には「戦敗国の生活水も火もなく悲惨の極みに達したりといふべし」と書いていて、大本営報道とは真逆の、すでに「戦敗国」と認識している。以下も国民の惨状は無視されて特攻隊の誇大戦果の報道によって敵愾心を煽る紙面となっている。六月頃には、上層部のもはや「玉砕」するしか道はない、国体護持もおぼつかなくなったとの判断にたった終戦論に対して、優位を占めたのが大東亜戦争の目的完遂を主張する継戦論だった。特攻機すら機体の不備、燃料不足で飛べなくなっていた。もはや絶望的事態に瀕していたのにである。

文脈を破ることになるがこの時期の用語の変化を見ておくことにしたい。「全滅」が「玉砕」、「撤退」は「転進」、「盗聴」は「傍受」と美化されている。敵性語使用禁止となり、中学生、女学生は学徒動員で働かせられた。被爆作家の林京子は兵器工場に動員されたが、学校を工場化して家からミシンを徴発され、軍衣縫製が多かった。軍服の下着縫製だがシャツは「襦袢《じゅばん》」、ズボン下は「袴下《こした》」と言った。笑ってしまう。

沖縄戦については戦後においても真実が改竄されて教科書にもそれが使われたという。書き換えは多々あるが、例えば、「壕を日本兵に追いだされた」ことを「壕の提供」、ガマに逃げた人たちのなかにいた乳幼児の泣き声に怒った日本兵による「虐殺」を「犠牲」とし、飢餓とマラリアの地獄に喘ぐ住民からほんのわずかな食料を強奪し、病人は殺害され、降伏を促す米軍の撒いたビラを拾っただけでスパイ視されて殺された事実等はすべて隠蔽されたという。

人類史上初の原子爆弾が広島の上空で炸裂したのは一九四五年八月六日午前八時一五分のことだった。キノコ雲に似た巨大な焔と煙が凄まじい勢いで空を焦がし、瞬時に街は廃墟となり、人は熱線で溶けた。この日の報道は、「荒鷲敵潜を急襲／犬吠埼南東撃沈ほゞ確実」「十五箇所を炎上／荒鷲、沖縄の敵基地猛襲」と相変わらずである。

「石炭にあらず　黒焦げの人間なり　うづとつみあげ　トラック過ぎぬ」

「目玉飛びでて盲となりし学童は　かさなり死にぬ橋のたもとに」

「太き骨は先生ならむ　そのそばに　小さきあまたの骨　あつまれり」

広島で被曝した正田篠枝は惨状を描いて告発する。佐藤栄作が原爆投下のボタンを押させた米軍大将に勲章を贈った（九五年）と知ったとき、「武器もたぬを誇りの／憲法を、いただく／われ等」「過ちは繰り返しませんから／安らかに眠って下さい／と言うたのは／嘘なのね」と怒りをほとばらせている。「過ちは繰り返しません」に主語はない。

広島原爆の阿鼻叫喚は栗原貞子、太田洋子、原民喜、峠三吉その他多くの人たちによって伝えられている。広島に投下された原子爆弾の威力は、太陽の照射エネルギーの数千倍の熱線で、屋根瓦は溶け、木造家屋が自然発火する三〇〇〇から六〇〇〇度といわれた。このような大量殺戮兵器の凄まじい威力、その威力に襲われた人々を新聞はどう伝えたか。

翌七日の記事は「燦たり・海上特別攻撃隊／沖縄周辺の敵艦隊に／壮烈なる突入作戦／伊藤大将以下大義に殉ず」、「栄光後昆に伝へん／主力艦隊あげて体当り」、「B29四百機、中小都市へ／前橋　西宮を爆撃／今治、宇部両市をも攻撃」とあって原爆の報道はない。二日後の八日に、「広島に敵新型爆弾／B29少数機で来襲攻撃／相当の被害、目下調査中」と大本営発表され、敵がこの爆弾使用を「誇大」に宣伝しているのは「焦燥」の現れであるから「迷」わされることなく「敵愾心」を持って防空を強化せよと、米軍の卑劣さを強調して抗戦を呼びかけている。そして「数百年の宿願達成　大東亜宣言、着々と具現」の今、「嗜虐性爆撃に堪へ抜け／不断の錬磨で心の城砦」、「出撃すれば鎧袖一触／房総南岸B24忽ち屠る」などとある。

ソ連参戦、長崎に原爆投下の九日の紙面のトップは、「敵の非人道、断乎報復／新型爆弾に対策確立」とあって、「敵はこの新型爆弾を使用する事によつて戦争の短期終結を急ぐ焦燥振りを愈あらはしてゐる」と強がり、「新型爆弾まづこの一手」に、「火傷の惧れあり／必ず壕内待避」、掩蓋《えんがい》のある壕がいいが、掩蓋がなければ毛布や布団をかぶること、屋外では体の露出部を少なくすること、火事に備えて台所などの火気に用心することなどの注意が載る。一〇日の紙面はソ連参戦をトップとして、「新型爆弾に勝つ途」が載るがそこには、待避壕がきわめて有効、「軍服程度の厚さの衣類を着用していれば火傷の心配はない」、防空頭巾や手袋によって「完全に火傷」は防げる、待避壕に入れぬ咄嗟の場合は地面に伏すか、堅牢建物の陰を利用するのがよい、以上の心得を守れば「新型爆弾もさほど怖れることはない」とある。

何という認識だろうか。他は特攻隊の活躍振りへの賛辞と、国民には共同炊事、蔬菜《そさい》の自家栽培の勧め、野菜不足は茶を飲まず食べればよいなどとあって、長崎原爆は無視の態度がとられている。

岡山に疎開していた荷風は転々の旅宿生活をしていたが六月二八日「旅舎焼亡の際余は宿賃を払ふ暇だになく逃れ去り」とまたもや被災し、一〇日に、「広嶋市焼かれたりとて岡山の人〻昨今再び戦〻兢〻たり」と広島が空襲されたことは知ったが、もちろん原爆とは知らない。長崎原爆についての記載もない。知らされていなかったからである。

長崎の原爆投下は九日午前一一時二分のことだった。平地の広島とは地勢が異なり、低い山のお陰で広島より被害は少なかったものの、人と街を襲った放射線は七万四〇〇〇人の死者、七万五〇〇〇人の負傷者を出していたのだった。二次被曝、内部被曝による犠牲者はその何倍にもなる甚大な災害だが、長崎原爆についての新聞報道は、三日後の一二日に、西部軍管総司令部発表として、「一、八月九日午前十一時頃敵大型二機は長崎市に侵入し、新型爆弾らしきものを使用せり　二、詳細目下調査中なるも被害は比較的僅少なる見込」と事実とは懸け離れた、それもたった五行の記事のみでその後も記載されることはない。被害僅少とは恐れ入る。

この日（一二日）のトップは「大御心を奉戴し／赤子の本分達成／最悪の事態に一億団結」「国体護持を祈る」に続けて「比島で挺身奇襲戦／火焔発射器隊等の偉勲」として感状授与者氏名を挙げて偉勲の詳細が五段記事で報道されている。防空総本部第三次発表の「白衣を着て横穴壕へ／新型爆弾への対策」は、鉄筋コンクリート造りの建物の安全性、窓ガラスの飛散には壁、窓下、腰壁などの利用、初期防火への注意のほか、爆風による傷と火傷が多いが火傷には油類を塗るか塩水で湿布すればよい、白い下着は火傷防止に有効、待避壕の入り口は塞ぐといい、蛸壺式防空壕には板一枚で蓋をしておくのが有効とある。嗤ってしまうが、これが専門家による現地調査をしての対策である。

この日、記者の取材記が載っている。「記者等はいま硝煙消えやらぬ廃墟の一角にあつて痛憤の情やみがたいものがある」といい、トルーマンがこの爆弾の威力を謳って今後日本各地に使用する用意ありと放送したが、「没人道的」爆弾の威力は認めるものの、「われ等は、か丶る新兵器に断じて屈するものではない」と政府に阿り、それは一瞬のことだった、閃光が鋭く眼に飛び込んできた次の瞬間には市内の情景は一変していた、「真に残虐を尽くすもの」だったが、被害を大きくしたのは国民が「不馴れ」だったせいで、「これだけで日本民族がまゐつてしまふとは夢にも考へられぬ」とあり、「一機でも馬鹿にせぬこと、必ず防空壕に待避すること、壕の補強、外出にも防空常備薬（主として赤チン、三角巾など）

を携行すること、体の露出部を少なくすること」を「教訓」として挙げながら、「一番大切なものは」、「戦ふ意志」、「さらにいへば、恐怖を越へて、また死してなほ敵に屈服せざる『意志』である」と言い、ジャーナリストの本分を放棄している。あろうことか、新聞記者の識見は、三日後に敗戦となる事態にあって、凄絶な大量殺人兵器の威力を目の当りにしながら、なお精神力を鼓吹するものだったとは情けない。

敗戦前日の一四日のトップは大本営発表の「大型水上機母艦撃沈／潜水部隊沖縄南東海面で」、戦友に見送られて出撃する陸軍爆撃隊員の写真が大きく載り、「敵不時着地へ斬込／ルソン島に薫る四勇士の武勲」の記事。さらに「熱線には初期防火／頑丈な壕ならば真下で平気」の見出しで、白雲や黒雲の発生は人体・物体に何の害もない、鉄筋コンクリートの建物や頑丈な壕は爆心下でも安全、半地下式家屋は屋根が剥がれるが大丈夫、「初期防火で火災は防げる。熱線の照射は多少継続時間があるから閃光を認めたら姿勢を出来るだけ低くして体の露出部を布、着物等で覆ふか、或ひは確実に壕に入ること、壕に入るひまがなかつた時は丈夫な家屋、柱等なんでもよいからそのかげに入つて遮蔽すること」「白い着物は熱線から受ける火傷を確実に防ぐ」とあって、「新型爆弾は決して恐ろしいものではなく、これに対する処置さへ宜しきを得れば十分防ぎ得るものである」と言い切っているのだ。その翌日、敗戦による終戦となる。

戦争終結の詔書放送は正午だったが、一五日の新聞はトップで報じている。広島原爆にしても二日遅れの報道だったのに、この日の新聞は放送前に、大きく「戦争終結の大詔渙発さる」「新爆弾の惨害に大御心／帝国、四国宣言を受諾／畏し、萬世の為太平を開く」とあって「詔書」全文を掲げ、「必ず国威を恢弘／聖断下る途は一つ／信義を世界に失ふ勿れ」を見出しとした総理大臣鈴木貫太郎の「内閣告諭」が載る。社説の「一億相哭の秋」には、「国体の護持を計り、神州の不滅を信じ」、「被抑圧民族解放、搾取なく隷従なき民族国家の再建を目指した大東亜宣言の真髄も、また我国軍独自の特攻隊精神の発揮も、ともに大東亜戦争の経過中における栄誉ある収穫といふべきであり、これらの精神こそは大戦の結末の如何にかゝはらず双つながら、永遠に特筆せらるべき我が国民性の美果としなければならない」、「一億の民子、いま未曾有の意義深き大詔を拝して」、「たゞ自省自責、自粛自戒の念慮のみ」「大君と天地神明とに対する申し訳なさで一ぱいである」とある。後知恵になるが驚くべき認識である。

ところで永井荷風は何度も焼け出され、疎開地でも、「警報のサイレンさへ鳴りひゞかず市民は睡眠中突然爆音をきいて逃げ出せしなり。余は旭川の堤を走り鉄橋に近き河原の砂上に伏して九死に一生を得たり」（六月二八日）の目にあっている。勝山町に疎開していた谷崎潤一郎を訪ね、谷崎が手配してくれた切符で岡山に帰るために八月一五日一一時二〇分発の汽車に乗る。そこで荷風は、「駅毎に応召の兵卒と見送人小学校生徒の列をなすを見」る。四〇分後には敗戦で終戦の詔書放送があるのに「応召」は続いていたのだ。谷崎夫人松子から渡された弁当を開く。白米のおむすびに昆布の佃煮と牛肉の佃煮が添えられていた。この時節の白米や牛肉に谷崎の生活実態が浮上する。「欣喜措く能はず」には荷風の実感が噴き出ていて胸が痛む。岡山に午後二時過ぎ着。焼け跡の水道で顔を洗い汗を拭って仮住みの偶舎に帰り着いて終戦を知る。

敗戦翌日一六日は原子爆弾について十段にわたって、「ウラン原子核の分裂／最少量で火薬二萬噸に匹敵」「紫外線で強烈な火傷／落下傘は無線送信機」「『真珠湾』以前に準備／かくて成る〝非人道の極地〟」などの記事が載るが、すべて広島とされていて長崎の地名は出てこない。長崎に投下された原子爆弾はプルトニウム爆弾で、広島に投下されたウラニウム爆弾よりも高性能のものだった。長崎原爆は林京子が書いても書いても書き切れない悲惨を書き続けている。林は諫早《いさはや》に疎開していた家族が無事だったこと、そのほか幸運に恵まれたが、長崎市の豊かな青果卸商家に鍾愛されて美しく育った福田須磨子の無残に火傷で歪んだ顔はあまりにも残酷である。満身創痍でふらふらと帰りついた須磨子の家は消えていた。両親と姉と思しき骨を拾う。飢えと原爆症と貧窮と孤独の日々を焼け爛れた顔で生きる苦悩は如何ばかりだったか。「原爆を作る人々へ」の数行を挙げておこう。

原爆を作る人々よ！　／暫し手を休め　眼を閉じ給え／昭和二十年八月九日！／あなた方が作った原爆で／幾万の生命が奪われ／家財産が一瞬にして無に帰し／平和な家庭が破壊つくされたのだ。／（略）／原爆を作る人々よ！　／今こそためらうことなく／手の中にある一切を放棄するのだ／そこに始めて真の平和が生まれ／人間は人間として蘇ることができるのだ。

軍服程度の服を着用していれば問題はないとか、防空頭巾や手袋で火傷は完全に防げるとか、咄嗟の場合は地面に伏せばいい、新型爆弾といってもさほど怖れることはない、と防空総本部は国民に伝えていた。凄惨な現場を見ている新聞記者までが、被害拡大は「不馴れ」のせいで、防空壕への待避、体の露出部を少なくし、赤チンや三角巾を持ち歩くことが「新型爆弾対処法」だと言い、今一番大事なのは「戦う意志」なのだと言っている。箝口令によってありのままは書けなかっただろうことは容易に推測されるがそれでも「戦う意志」とは呆れる。

広島原爆を謳った原民樹の「水ヲ下サイ」は有名だが、長崎原爆の、福田須磨子の、「『水を…水を下さい』あの世からの声のように、全く消え入りそうなかぼそい震え声で重傷者は訴える（略）腫れ上がった唇を動かして、『水を…水を下さい…』（略）『あっつ！あっつ！』と叫びながら踊るように駆けぬけて行った生徒たちの皮膚の色が刻々と変わって行った。異常がないように見えていた皮膚が、顔も肌も真赤になり、腫れ上がって、しまいには誰なのか見わけのつかぬのっぺらぼうの顔になってしまうのだ。（略）『水を…水を…』誰一人として肉親の名など呼ぶものはいない。ただ灼けつく体に水だけを欲しがって死んで行く」は、放射線を浴びた苦悶の姿として共通する。熱線に灼かれた被爆者は誰も彼もがひたすら水を求めながら死んで行ったものと思い込んでいたが、林京子は燃え盛る焔の熱さへの恐怖は忘れられないが、水が欲しいとは思わなかったという。被爆者の数だけ物語のある一例でもあるだろう。権力のつくウソの犯罪性は限りなく大きい。呆れ返った原爆対処法、長崎原爆無視の報道を林は全然知らなかったと言う。

安倍政権の戦争のできる国への驀進振りは恐怖の一語に尽きる。日中戦争・太平洋戦争での犠牲者数の真実は不明のままである。一九六三年五月に政府発表では戦没者三一〇万人とされたが、非戦闘員の犠牲者数の発表はない。日本軍によるアジア人虐殺者数をアメリカの新聞は二〇一〇年に一七〇〇万人と報道している。日本軍による中国人の軍民死傷者数は三五〇〇万人と一九九五年に中国は発表している。民間傷者を含めるならあながち誇張ではないだろう。

安倍政権の歴史認識のお粗末さには言葉を失う。『東京新聞』夕刊に一二回連載された「戦争の記憶をたどる」は戦争の恐ろしさが生の声で語られていて身の毛がよだつ。陸軍軍医将校として中国で生体解剖をしたという元軍人の懺悔は衝撃的である。中国山西省の路按陸軍病院に派遣されて「少なくとも一〇人の中国人を生体解剖した」と言う。「中国人は汚いとか、朝鮮人は劣等民族だとか」教育された彼は、「日本が勝つため、前線で兵隊を救う軍医の技術のために中国人の命の一つや二つ」と考えての手術演習だったので、「動脈から真っ赤な血が噴き出し」、「演習中に息絶えた」が「殺したという認識はなかった」、だが、これは犯罪だったと後日思い知る。彼は自責・慙愧の涙を流しながら考える。「ボクを軍国主義教育したのは母と教育勅語」だったと。この元軍人は教育勅語と教育勅語で人間造りされた母によって愛国心を培われたと語っている。

ところが、青森県の県立高校一年生二八一人全員の机上に「教育勅語」の原文が置かれていたという事件が起き（二〇一四年四月一四日）ている。配布者は不明のままで回収もされなかったという。とんでもないことだがこの行為には教育制度改変に執念を燃やしている安倍政権の意が体されている。森友事件が顕在化したが、すでに教育委員会制度の見直しを盛り込んだ地方教育行政法改正案は、文科相に安倍氏の盟友を起用し、改革案づくりに携わる教育再生実行会議メンバーは安倍人脈で固めている。「改憲を誘導し、国のために立派な国民になれというマインドコントロールをしているような」「政治的意図を感じる」育鵬社の教科書を国定教科書的に推奨しているのは、幼い頭に戦争の悲惨さを教えず愛国心を植え付けようとしているからだろう。

三月一〇日の東京下町大空襲、八月六日、九日の広島・長崎原爆にちなんで当時の新聞報道を縷々列挙したのは、国会を通過してしまった特定秘密保護法案が施行されたら、本当に知りたい情報が隠され、見聞した者が見聞した事実を言えば犯罪者とされてしまう事態の再来が危惧されるからである。安倍首相は共謀罪まで強行採決した。憲法解釈に関して「最高責任者は私」と安倍首相は国会で言い切った。彼は、最高権力者の自認から「私」の意をスピードアップさせながら進め、NHKの会長（「政府が右と言っていることを左とは言えない」は戦時下の大本営発表を思わせる）および委員、法制局長官および内閣法制局の幹部などの人事その他、主要な決定機関を固めていた。安倍政権が執念を燃やしている集団的自衛権の行使容認は日本が世界に誇れる憲法九条をなし崩しにして戦争のできる国にすることにつながる。非戦を貫いてきた私たちの国を根底から変えてしまう政策なのだ。今なお被害者は棄民状態におかれたままで、放射能漏れも続いているのに、その原発の他国への輸出、さらには武器輸出にまで手を出して首相自らトップセールスを意気揚々と行っている。「死の商人」に堕してしていることへの自覚皆無である。

早くも権力の意図するところを汲んだ自己規制が随所で始まっている。荷風が記した、「東京市街焦土となりてより戦争の前途を口にする者憲兵署に引致せられ、又郵書の検閲を受け罰せらるる者甚多しと云」（「近日見聞録」五月八日）という時代への回帰路線を食い止めるためには、日本社会を覆い尽くしている反知性主義を如何に克服するかが課題であり、文学はこの課題の答案を如何に書くかが問われているだろう。

＊読売報知の場合

報道は大本営発表に一本化されていて、各社の記者が自由に見聞を報道することは不可能だったので、重複することになるが、『読売報知』の報道もみておくことにする。

前掲「言わねばならぬこと」を『朝日新聞』によって発表したのは二〇一四年のことである。それから四年経った現在、事態は深刻さを増し、「一強独裁」構図は依然として〈継続中〉だが国会の権威は失墜している。にもかかわらず公文書改竄や隠蔽が日常化するようになっていて、共謀罪の趣旨を含む改正組織犯罪処罰法が強行採決されて一年を経て、監視社会招来の危惧がそこはかとなく感じられる昨今、繰り返してはならぬ時代とはどんな時代だったのか知らねばならないだろう。国民の与えられた情報は大本営発表がネタ元で新聞記者の独自の取材、調査の報道は許されなかった。いまや、戦時下の大本営発表時代は過去の夢物語とはいえなくなった。そこで、前掲『朝日』との重複を敢えて恐れず、『読売新聞』[*1]による報道を、なるべく簡略に報告しておきたい。

東京下町大空襲は一九四五年三月一〇日。翌一一日のトップ記事は、「帝国政府声明」（三月一〇日付け）は、「仏印の敵性勢力一掃に断」で、「不信〝共同防衛〟破る／皇軍・単独で防衛／九日夜所要の措置開始」の大本営発表は、「我仏印駐屯軍」が仏印当局の不信によって共同防衛策が不可能になったので日本軍単独で戦うというのである。下町空襲はこの報道の二番手として「B29百卅機帝都来週／深夜、市街地を盲爆」「各所の火災も鎮火十五機を撃墜　五十機に損害」の見出しで、大本営発表は「本三月十日零時過より二寺四十分の間B29約百三十機主力を以て帝都に来襲市街地を盲爆せり、右盲爆により都内各所に火災を生じたるも宮内省主馬寮は二時三十五分其他は八時迄に鎮火せり／現在迄に判明せる戦果次の如し　撃墜十五機、損害を与へたるもの約五十機」とあるのみで、この空襲に関わる記事として「戦力蓄積支障なし」をタイトルとして、他地区にも空襲のあったこと、「夜間最初の空襲としては赫々たる戦果を挙げた」が「再三の来襲に対して皇軍の本土決戦に対する軍備の強化」が重要であること、「今後頻度を増すことをわれ等は覚悟すべきで、」「必勝の信念を喪ふが如きは敵の神経戦に乗ぜられるのみであることを考へそれに対応する心構へ並びに対策を一層強化する必要がある」とある。『朝日』より詳しく、犠牲者に救済策が執られたらしいことが「帝都罹災者救済に／対策機関を設置／臨時閣議で方針決定」として衣料品や布団などの供出の申し合わせのあったことが報じられていて、救済に「全力傾注」とも述べてはいる。翌一二日の新聞紙面の見出しを並べてみると、トップから「地の利、鉄桶の備へ／醜虜神州に止めず／首相必勝の大構想闡明」〈首相の演説はかなり長く、ほとんど一面の半分を占めているが、最後のまとめは「最期の勝利断じて我に在り」で、戦況の分析はなされていない）「本土決戦・敵撃滅確算あり」「首相、陸海軍両相鉄石の決意を披瀝」、「陸上決戦の天機／滅敵の兵器・戦備は萬全」（陸相発言）とあるが、こんな強がりを言ってなどいられる段階でないことを彼等は知らないはずはないだろう。「敵の攻撃激化（硫黄島）」の記事もあるのだから。ジャーナリストも骨がなさ過ぎる。

国民は期待した神機がなかったのでこの言葉に飽きているといいながら首相の言葉に従って社説で「挙国決戦場に起つ」とし、「一日、一日、一歩、一歩、国力に具現せんことこそ国民の切願」と煽っている。海相発言も「敵必滅を確信／全軍の士気正に壮烈」とされている。

広島への原爆投下は八月六日である。だが翌日の七日の紙面には、地球上未曾有の規模の殺戮弾投下なのに未報で「B29約百卌機関東へ／前橋市に暴威／高崎、館山、銚子も襲ふ」や、「関西、中国へも／二百八十五機／今治、宇部、西宮を焼爆」、「P51関東を頻襲／百廿機、軍事施設銃撃」が載っているのに、トップは「伊藤艦隊長官を陣頭／護国の大義に殉ず／沖縄周辺　敵艦船群に突入」、「忠烈海上特別攻撃隊」と沖縄周辺の敵艦隊に壮烈無比の突入作戦を決行した栄誉を称えて「特旨」で「大将に進級」と写真を掲げ、「窮屈さのない近代型武人」で「智、仁、勇兼備」の人と人物紹介までなされながら、広島原爆は記載されていない。

八日のトップに四段の記事（大きくない）。「B29新型爆弾使用／広島に少数機　相当の被害」、大本営発表は「（昭和二十年八月七日十五時卅分）一、昨八月六日広島市はB29少数機の攻撃により相当の被害を生じたり　二、敵は右攻撃に新型爆弾を使用せるものの如きも詳細目下調査中なり」とあり、続けて「落下傘で中空爆発／家屋倒潰と火災／正義は挫けず見よ敵の惨虐」とあるが、新型爆弾の威力の実態の報道はなく、「この非人道的残虐を敢てせることにより未来永劫〝人道の敵〟の烙印を押されたもので彼の仮面は完全に剥げ落ち日本は正義に於いて既に勝つたといふべき」などと、「残虐」な被害の実態は報道されず、感情論に終始し、題字下の「今日の知識」欄では「空襲火傷の特色」として、重傷の多いこと、症状として高熱を受けると狭い範囲でも致死的結果をきたすことがあり、血行系・内臓に病気のある者は抵抗力が弱いと注意しているだけである。

火傷を避けようと水に長時間浸っていると「気管支カタルに冒され易く、暑いうちはさほどでもないが、秋口から冬に向かふと急激に肺炎に移行する心配」があり、「不潔」は「破傷風の虞れがある」ので、血清の早期注射によって予防することなどと、原爆の猛威に無知であり、目の前に敗戦が迫っているのに戦争はは冬までも続くと思っているらしい。「社説」も現場調査をしていないのか原爆には触れず、「陛下の『兵』たる身分に恥づることなき奮起を待望して止まない」を結語にしている。

八日は、「けふ大詔奉戴日」とあって、一面の「昭和十六年十二月八日」の「詔書」が上段左端に大きく掲げられている。下段のコラム「陣影」欄には煙草の配給が五本から三本に減らされた、砂糖や酒なしには慣れたが煙草は辛いともある。

長崎への原爆投下は九日である。地形の関係で広島より被害は少なかったとは言え、死者七万四〇〇〇、負傷者七万五〇〇〇（二次被爆、内部被曝の犠牲者はその何倍にもなるだろう）の広島に次ぐ世界的規模の大災害だが一〇日の新聞はソ連参戦がトップである。「ソ聯　帝国に宣戦布告／満ソ国境に戦端開く」、「東西両面より越境／地上攻撃を開始す／満鮮要地に分散空爆」が大ニュースなのは尤もだが、「二艦船屠る／荒鷲、沖縄敵基地猛襲」、「艦上機延一千百／東北各地に波状来襲／敵一部艦艇、釜石を砲撃」、「艦上機延四百で／青森県下に侵入／八戸、大湊、船舶等攻撃」、「福山市付近攻撃／B29約六十機侵入」、「B29四十機／立川へ／激撃九機屠る」、「三機を撃墜破／京浜地方で」、「B29百機／帝都工場地帯を爆撃」、「廿四機撃墜破／北九州激撃戦果」などが二段、多くは一段記事になっているが悲惨極まりない長崎原爆についての記事はない。

ローマ法王が機関誌に載っていた広島原爆記事をご覧になって「新型爆弾は破滅的手段」と「非人道性を指摘」されたということまで載っているのに。翌一一日の紙面のトップは直立不動する皇太子の写真を大きく掲げ「畏し皇太子殿下の御日常／撃劍益々御上達／輝く天稟の御麗質拝す」に一〇段とって、乗馬や自転車が上手になったこと等日常生活を紹介、新聞に報道の天皇の震災地巡幸の写真に「大御心を深く御感激あらせられ」、「震災民草の身の上に」「御同情の御様子」には「御民われら斉しく恐懼感泣する次第」とある。

皇太子記事に接して紙面一杯の二番目扱いは、情報局談話と陸軍大臣布告である。前者は、「今や真に最悪の事態到る——国民の覚悟と忍苦要望」には、「最後の一線・国体護持／最善の努力を傾注／空前の殺戮新型爆弾」のなかに、「人類史上未曾有の強力なる破壊力を持つ新型爆弾を広島市に使用、引続き八日長崎市にも使用した」、「大東亜戦争は遂に最悪の事態に立ち至つた」、「政府は全知全能を挙げて国体護持と敵の残虐破摧のため最善の方策に努力しつゝあるが我々一億国民は今こそ最後の一線たる国体護持に上下一体全力を傾注すべき」で「神州不滅の信念に徹して」「聖旨を奉じ大国民の矜持と襟度とをもって対処せねがならぬ」とあり、後者は「死中自ら活を信ず／驕敵撃滅へ・陸相全軍に布告」をタイトルとして、「事茲に到る又何をか言はん断乎神州護持の聖戦を戦ひ抜かんのみ／假令、草を喰み土を囓り野に伏するとも断じて戦ふところ死中自ら活あるを信ず」、「全軍将兵一人も余さず楠公精神を具現すべし」とある。敗戦が目睫の間であることを知ったのだろうか。漢語多様は空威張りの表出でもある。

長崎原爆については上から九段目下から六段目に、見出しは「長崎にも新型爆弾／相当数の家屋倒潰、死傷」と三段にわたっているが記事は」五行×二の二段一〇行のみである。『朝日』の扱いも酷かったが『読売』も同様である。なぜだろうか。

長崎原爆で被爆し九死に一生を得た、芥川賞作家の林京子さんとは原爆文学を通して親しくなり、被爆後どのように逃げたか、当事を思い出しながら検証してみたいので同道を誘われて辿ったことがある。その途中の死人の山、息絶え絶えの人々、様相のすっかり変わった山の姿、消えてしまった家々などについて涙ながらにあの日を、そしてそれからの死を覚悟の日々を思い出しながら語るその内実、長崎原爆でも多数生み出されている原爆文学について、ということは原爆についてでもあるがいろいろ調べて、非被爆者であることが申し訳ないような思いを抱きながら二冊の『林京子』論を出版したものの私としてはまだまだ書き足りないのに、たった一〇行一五〇字で報道しているのには、言葉を失う。

そして八月一五日。題字下に「御親ら御放送けふ正午」とあり､詔書の日付は一四日で、渙発されたのは一四日だったのだ。国民に向けてのラジオ放送は一五日正午だったが。ほとんどの国民は、何か正午に重大発表があると伝えられて、国内地上戦を覚悟した人も多かったようだ。一四日に敗戦の詔書が渙発されていたなどとはつゆ知らず、心中では敗戦を予覚していた人はかなりいたにはいたらしいが、一五日の放送が敗戦告知とは軍衣縫製に勤労動員されていた私は知らなかった。一五日の新聞に載ったのは当然だったのだ。「詔書」の日付はたしかに「昭和二十年八月十四日」なのだから。しかし、その事実は特定の人以外、誰も知らなかった。

「戦争終局へ聖断・大詔渙発す」と「詔書」の上に横書きされ、詔書に対する見出しの語数は多い。「帝国政府四国共同宣言を受諾」／「萬世の為に太平開かむ」／「畏し 敵の残虐・民族滅亡を御軫念」／「神州不滅総力建設御垂示」と四行にわたり、鈴木首相の「内閣告諭」として「忍苦以て国体護持／国運を将来に開拓せん」の敗戦説明とも言える言葉が続くがこういうのを「告諭」というのか、と陳腐な表現に今さらながら笑ってしまう。「最後の御前会議」で、天皇は「民を斃すに忍びず」と「白き御手袋を御眼に」されたとあり、「聖慮宏遠　諸員みな慟哭」とある。社説は「大御心に帰一せん」で、「憂国の至情交々吐露／御前会議　閣議の経過」と「四国宣言受諾まで／帝国提議、四国通告全文」と、「大東亜戦争経過」が報じられている。

この日の新聞は、危険な現状から、しっかりと読み込んでおかねばならないだろう。

＊注

（1）『読売新聞』は、第二次世界大戦中の一九四三年四月三日に『読売新聞』と『報知新聞』が合併されて、四三年六月三日に『読売報知』として創刊された。従ってこの時期は『読売報知』であり、この新聞が廃刊されて『読売新聞』に戻ったのは一九四六年四月三〇日のことである。合併された一九四三年と言えば、中・女学校および大学等の修業年限一年短縮、植民地朝鮮に徴兵制施行、言論弾圧で冤罪の「横浜事件」、学徒戦時体制確立閣議決定、軍事訓練・勤労動員徹底、神宮外苑で出陣学徒壮行大会挙行、学童疎開促進、上野動物園でライオンなど猛獣毒殺、横文字抜きの紙幣発行、女子の軍属発足。野球用語「ストライキ」は「よし1本」・「アウト」は「ひけ」、乗合自動車（バス）の「オーライ」は「発車」・「バック」は「背背」。一方、戦局はニューギニア撤退、その後全滅、ガダルカナル島撤退、アッツ島「玉砕」、キスカ島撤退、マキン・タラワ両島「玉砕」等々敗北続きで夥しい戦死者を出していた時期での、用紙不足、人員不足を主原因とする合併である。

解説◉『国民文学』とその時代

崔真碩

はじめに

なぜ今、『国民文学』か。しかもそれは、植民地朝鮮のものだ。日本の文学界でも韓国の文学界でもマイナーなテーマだ。いや、マイナーというよりは、問題が根深く複雑であるがゆえに、過度に敬遠されてきたというべきか。

しかし、本書で著者が論じているように、『国民文学』には、日本による戦争・侵略の実態とそのことを反省してこなかった日本の戦中・戦後の問題が凝縮されている。また、『国民文学』は、日本による植民地支配が極限に達した戦時期の朝鮮で発行された日本語雑誌であり、日本人文学者と朝鮮人文学者の合作であったので、帝国日本と植民地朝鮮の関係性や植民地支配の実態の最悪の部分に生々しく触れられる極めて重要なテクストである。

この「解説」では、「皇道精神の昂揚」を掲げた植民地朝鮮の『国民文学』が生まれた当時の時代状況について、朝鮮人文学者の〈声〉を呼び起こす形で論じたい。『国民文学』

の時代の朝鮮人文学者の〈声〉を同時代の日本人文学者の〈声〉と響かせることで、『国民文学』を取り巻く言説構造を明らかにし、読者諸氏の本書に対する理解をより深めることができればと思う。

一　内鮮一体について

日中戦争期の植民地朝鮮では、一九三八年に国家総動員法が公布され、翌年七月には国民徴用令が施行された。また、三九年一一月一〇日の朝鮮民事令改正（制令一九号）と制令二〇号により、創氏改名制が翌年二月一一日（紀元節・皇紀二六〇〇年にあたる日）から実施された。また、四〇年一〇月には、それまでの国民精神総動員朝鮮連盟が国民総力朝鮮連盟に改編され、皇民化を中心とする戦時総動員体制が強化されていった。

そうした状況下で、日中戦争の展開とともに、より強力な戦争体制を構築するために、朝鮮支配の再編強化が行われ、最高の統治目標として、内鮮一体が提唱されるに至った。内鮮一体は、朝鮮人をより「完全なる日本人」たらしめようとする支配者の「皇民化要求の極限化」と、朝鮮人の「皇民化の度合い」との矛盾・乖離の中から誕生したものであり、またそれは同時に日韓併合以来、日本が一貫して朝鮮支配の基本方針として採用してきた同化政策の必然の帰結でもあった。それは思想としての明確な体系を持たず、むしろ政治スローガンとして絶叫された。[*1]

内鮮一体という皇民化＝同化政策を朝鮮総督府が施行した背景には、ますます激化してゆく戦局のなかで兵力が不足し、一刻も早く朝鮮人を徴兵する必要に迫られていた帝国日本の切迫した事情があった。しかし、実際に戦場で朝鮮人に銃を持たせた時、日本と中国、どちらに銃口を向けるかわからない。そのために、朝鮮総督府は内鮮一体を施行して、日本に従軍する兵士を早急に作らなければならなかったのである。内鮮一体を文学化し、そのプロパガンダとして誕生したのが、まさに『国民文学』であった。

二　消滅の予感

植民地朝鮮の文学者たちは、当時、内鮮一体とどのように向き合ったのだろうか。その一端を知るために、内鮮一体が施行された頃、日本の文芸雑誌である『文學界』（第六巻第一号、文藝春秋社、一九三九年一月）に掲載された座談会「朝鮮文化の将来」を見てみたい。内鮮一体が施行されるなかでの朝鮮語・朝鮮文学の在り方について議論しているこの座談会は、林房雄や村山知義をはじめとする日本人文学者と、林和《イム・ファ》（一九〇九〜五三、批評家・詩人）や鄭芝溶《チョン・ジョン》（一九〇二〜？、詩人）や李泰俊《イ・テジュン》（一九〇四〜？、小説家）をはじめとする朝鮮人文学者、あわせて一二名の参加者によって行われている。また、林房雄の冒頭の言葉にもあるように、この座談会は、「朝鮮文化の将来と現在」「文化における内鮮一体の道はどこにあるか」という議題のもとで行われている。

座談会では、張赫宙《チャン・ヒョクチュ》（一九〇五〜九八、小説家）による『春香伝』[*2]の日本語訳ならびに日本公演や、時局に反映された朝鮮文学への関心の高まりを受けて、朝鮮文学の日本語への翻訳の問題で盛り上がる。そして、翻訳の問題は、朝鮮人文学者が日本語で作品を書くという問題へと至る。そこには、日本で読者をより多く獲得するためには、日本語に翻訳するか日本語で作品を書くほかないという朝鮮人文学者が直面している現実の問題、そして時局に反映されて大陸への関心が高まっている「内地」の文脈が横たわっている。

しかし、翻訳や日本語で作品を書くことをめぐる議論は、朝鮮側と日本側との間に終始齟齬を生み出すことになる。「矢張り朝鮮の方でも実際では国語が普及したから大勢に判らせようと思うならば内地語で書いた方が広く読まれることになると思うから、内地語の方がよいですね」（村山）だとか、内地で広く読まれ反響を得るためにも「作品は総て内地語でやってもらいたい」（林房雄）という積極的に日本語に翻訳し日本語で書くべきだという日本側の主張に対して、李泰俊や兪鎮午《ユ・ジノ》（一九〇六〜八七、小説家・法学者）そして林和は以下のように反論している。

李：ものを表現する場合に内地語で適確にその内容を説明することが出来ないように考えられるからじゃないかと思います。それは吾々独自の文化を表現する場合の味は、朝鮮語でなければ出来ないとこがあります。それを内地語でもって表現するとその内容が内地化して終るような気がするのです。全くそうなるのです。そうすると朝鮮独自の文化がなくなると思うのです。［二七七頁、下線部引用者］

兪：問題が大きいのですが、内地語で支障のないようなものは書いてもよいが、書けないものがあります。翻訳的でしかも内地の人がよろこぶ非常に意味のあるものは自分達も出来るだけそうはするのですが、朝鮮の文学は朝鮮の文字によらなければ文学の意味がないと思われます。［二七七頁、下線部引用者］

林和：詩を書く場合、その言葉に盛られた感情、つまり文字が翻訳されたのでは意義をなさないのです。翻訳詩はどうもピンと来ないんです。これは政治的な立場から離れて純芸術的に眺めてみて、文化的に諒解すべきだと思います。［二七七頁、下線部

引用者］

このような反論が単純な「翻訳否定論」でないのは、当時の日本語と朝鮮語または日本文学と朝鮮文学との間にある圧倒的に不均衡な力関係を考えれば、容易に理解できるであろう。すなわち、双方向的でない一方向的な関係性のもとで、朝鮮文学が日本語に翻訳されるということ、日本語で作品を書くということは、朝鮮語・朝鮮文学の日本語・日本文学への包摂であり、統合でしかありえない。朝鮮文学が「内地化して終るような気がする」。だから、林和をはじめとする朝鮮人文学者は、反論するのである。言うなれば、これは、日本語と朝鮮語、日本文学と朝鮮文学との間にある翻訳の政治学の問題ともいえよう。

座談会「朝鮮文化の将来」において、林和をはじめとする朝鮮人文学者の言葉を貫いているものは、だんだんと滅んでゆく朝鮮語や朝鮮文学に対する危機感である。もちろん、ひとつの文学や言語は、そう簡単にすぐに消えてなくなるものではない。彼らも実際には朝鮮語や朝鮮文学がなくなるとは思っていなかったのかもしれない。ただ、そうなることへの危機感は誰もが共通して抱いていたはずである。現実に内鮮一体が施行されているなかで、朝鮮語や朝鮮文学をはじめとする「朝鮮文化の将来」に対して、果たしてどれだけの人が楽観的でありえただろうか。座談会における「もう朝鮮語は小学校でもなくなったんでしょう」という林房雄の問いかけに対する兪鎮午の以下のような応えは、だんだんと滅んでゆく朝鮮語や朝鮮文学に対する危機感を端的に表しているものといえよう。

兪：そうですが、朝鮮語は決してなくなりはしません。ただだんだん薄くなって行くんですが……［二七九頁］

決してなくなりはしないが「だんだん薄くなって行く」というのは、学問領域を問わず、また右派左派を問わず、当時の朝鮮の文学者や知識人たちが抱いていた率直な感慨であるように思う。それは、内鮮一体の施行されている渦中における、朝鮮文化がだんだんと抹殺されてゆくことへの漠然とした不安であり、消え入りそうな嘆きとしてしか語れないもの、まさに「……」なのである。

その後、朝鮮文学は、実際に危機的状況へと追い詰められることになる。戦時動員期に入ると、一九四〇年八月には朝鮮総督府による思想統制の強化や用紙節約を理由に朝鮮語の二大民間紙『東亜日報』『朝鮮日報』が廃刊されるなど、朝鮮総督府の機関誌を除いては次々に新聞や文芸誌が廃刊されていく。そのなかで残っていた朝鮮語の文芸雑誌『文章』と『人文評論』もまた、一九四一年四月に廃刊され、同年一一月には日本語文芸雑誌『国民文学』へと統合されることになる。そうして、朝鮮人文学者たちは、沈黙を強いられるか、あるいは国策に沿った内容の作品の創作しか行えなくなる。李泰俊や林和そして兪鎮午もまた、その後、太平洋戦争期には日本語で創作・批評を行うことになる。

三　朝鮮に対する「良心」——横光利一の場合

『国民文学』は、日本人文学者と朝鮮人文学者の共犯関係による合作であった。戦後／解放後の文脈から事後的に見れば、彼らの共犯性や加害者性を批判することは容易い。だが戦中においては、本書で詳細に論じられている田中英光にせよ佐藤清にせよ、朝鮮に対する加害者意識はなかったのではないか。むしろ、朝鮮人の日本人への国民化・皇民化が朝鮮のためになると「良心」的に考えていたように思う。それは先に見た林房雄や村山知義も同じである。この「良心」は、『国民文学』に関わった者たちだけのものではなく、日本人文学者の多くが共有していたものである。だからこそ、敗戦後、彼らのうちの多くは、戦中の自らの「良心」にもとづいて、かつての自らの言動を深く反省することなくやり過ごせたのではないだろうか。この「良心」が独善的であること、他者としての朝鮮への眼差しが欠落していることは言うまでもないのだが。

横光利一[*3]もまた、朝鮮に対する「良心」を抱いていた一人であった。随筆「朝鮮のこと」(『毎日新聞』一九四三年七月三〇日・三一日)には、横光の朝鮮への眼差しが顕著に表れている。「旅をしたとき、いつも私はこう思う。この土地のもっとも奥にひそんでいるものは、何だろうかと」という一文で始まるこの随筆で、横光は、旅先でその「土地のもっとも奥にひそんでいるもの」を知ることの困難さについて、また「内地」と「半島」の人間の間でも同様にこれまで「ともに相手の生活の内奥にひそむ、そのひそやかなもの」を知らずにきたこと、そしてその妨げとして「通辯」(通訳)があったことなどを、自身が朝鮮に三度旅した時の回想などを交えて書いている。一方で、この原稿の主題は朝鮮における「徴兵の実施」であり、それに対するコメントを求められての記事執筆であったことは想像に難くない。横光は以下のように書いている。

半島にこの度行われる徴兵の実施には、数千年の永い間海を挟んだ距離からの、さまざまに歪んだ吐息を、同一の呼吸に整調する大きな波の高まりであろうが、もう通辯を必要としない時代に入ったことも、感じられて慶ばしい。[*4]

ここで「徴兵の実施」とは、一九四三年三月、朝鮮において「徴兵制」が公布されたことを表している（翌四四年四月から第一回の徴兵検査が実施されて朝鮮人の入営が始まった）。そして、「数千年の永い間海を挟んだ距離からの、さまざまに歪んだ吐息を、同一の呼吸に整調する大きな波の高まり」とは、日中戦争後に皇民化政策とともに戦時動員政策として提唱されだした内鮮一体の隠喩である。それは、その後に続く「通辯を必要としない時代に入った」という表現から明らかである。内鮮一体がなされ、民族も言語も一体化すれば、通訳は必要ないからである。横光は、内鮮一体とその延長線上にある徴兵の実施に同調し、それを「慶ばしい」こととして受け止める。

このように、横光にとって内鮮一体や徴兵の実施は、主観的には、植民地朝鮮にとって「慶ばしい」ことなのである。横光の朝鮮に対する眼差しから植民地主義を読み取り、批判することは容易い。しかし横光の立場からすれば、彼の主観を支えているものは植民地主義的な眼差しではなく、むしろ「内鮮の無差別平等[*5]」として掲げられる限り、内鮮一体は植民地朝鮮の地位向上でもありえるという「良心」だったのではないか。そんな横光の「良心」は次のように朝鮮を外地ではなく内地と見なす眼差しにもさりげなく表れている。

三度目は外国からの帰途で、このときの飛行機は平壌に不時着したが、それを幸い一夜をここに止まった。私にはもうこのときは、旅の思いはなかった。日本の内地へ帰りついた喜びで、和服に着替えて歩いてみたが、最初に私が半島へ旅したころ、ここらに生れた赤ん坊たちは、もう十四、五歳にもなっていて、街や野を歩いているのだと思った。[*6]

朝鮮はもはや外地ではなく内地であるということ。これもあくまで横光の主観ではあるが、「内鮮の無差別平等」の立場に立てばこの主観は論理的に成り立つし、ここからも横光の朝鮮に対する「良心」が読み取れる。また、欧州からの帰途に経由した平壌で抱いた「ここらに生れた赤ん坊たち」のことを想う穏やかな心情からも読み取れるように、横光は朝鮮に対してあくまでも「良心」的である。

随筆の最後では、『国民文学』の主幹である詩人・金鐘漢《キム・ジョンハン》から送られてきた手紙と詩集について言及しているのだが、横光の朝鮮に対する「良心」を支えるものとして、朝鮮人文学者との具体的な交友関係があったことは想像に難くない。その交友関係のもとで、横光は朝鮮に対して「良心」を抱き、「徴兵の実施」を「慶ばしい」と感じているのである。

一見「良心」的な論調で書かれてはいるものの、このテクストには横光の植民地主義が露骨に表れている。しかし、戦時期の横光にはそのような自覚はなかったはずだし、むしろ逆に、朝鮮人文学者との交友関係のもとで、自分が朝鮮に対して「良心」的であることを信じて疑わなかっただろう。だが一方で、その交友関係とは、共犯関係でもあったことは言うまでもない。両者は共犯して植民地朝鮮の人々を戦時動員しているのだから。横光が朝鮮をはじめとするアジアの作家たちと結んだ共犯関係は、他でもない大東亜という主体のもとでより顕著になる。

四　ドン・キホーテとサンチョ・パンサ

「朝鮮のこと」の発表から間もなく、横光は第二回大東亜文学者大会に出席する。日本文学報国会主催で開かれたこの会議は、一九四二年一一月と一九四三年八月には東京で、一九四四年一一月には南京で開催された。朝鮮や台湾などの植民地を含有する日本、満洲国、占領下の中華民国の文学者たちが大東亜戦争の完遂と皇国文化の宣揚のため一堂に会した。横光は第一回の「大会宣言」を朗読したが、第二回には開会式で所信表明演説を行っており、次のように発言している。

大東亜における民族のそれぞれの固有の伝統を呼び醒まして、そうしてその連絡点を探索致しまして、その可能な点を見付け出し、嘗てない美しい雄々しい精神と物質との均衡のある新しい世界を創造することに進んで行くことが、我々の希望や目的を一層その意義を深くせるものではないかと思って居ります。[*7]

言うまでもなく、横光のこの大東亜認識は、大東亜共栄圏の理念である「八紘一宇」に支えられているものである。それは横光一人だけのものではなく、大東亜文学者大会に参加した文学者たちに共通するものであり、日本以外のアジアの作家たちとの共犯関係のもとで、横光は、自身が朝鮮に対して抱いている「良心」と同様に、自身の大東亜認識をも信じて疑わなかっただろう。むしろ、この所信表明演説を行った第二回大東亜文学者大会においては、自身の大東亜認識をより確固たるものとしたことだろう。植民地朝鮮からの参加者の言葉と並べて読めば、それは明らかだ。『国民文学』の編集長である崔載瑞は、自身も参加した第二回大東亜文学者大会の様子を報告している「大東亜意識の目覚め——第二回大東亜文学者大会より還りて」(『国民文学』第三巻第一〇号、人文社、一九四三年一〇月)で、自身の信念を再確認するように改めて以下のように書いている。

秩序には中心がなくてはならない。凡てを抱擁し且つ凡てをしてそれらのものたらしめる中心がなくてはならぬ。大東亜新秩序に於て中心となるのは、天皇であらせられる。日本は天皇を中心として一家をなす。東洋は日本を中心として一家をなす。萬邦をして各々所を得せしむるとはこのことだ。［一三九頁］

ここには、横光の大東亜認識と同じ認識が、あるいはもっとラディカルな大東亜認識が表れているのだが、こうしたアジアの参加者たちとの共犯関係によって横光の大東亜認識は支えられていた。しかしながら、日本人参加者である横光と朝鮮人参加者である崔載瑞の共犯関係は、けっして対等ではないことを看過してはならない。たとえば、それは以下のように、崔載瑞の嘆きとして表れている。同じ文章で、崔載瑞は次のように書いている。

会議が終ると、朝鮮側の発言は何れも大して興味を惹かなかった代りに、一番しっかりしていたと云う感想を数人の人から聞いた。私はそれでいいと思った。我々は今更新聞記事のネタになるような人気者でなくてもいい。然し我々は日本の鏡としていつでもしっかりしていなくてはらない。［一四〇頁］

「私はそれでいいと思った」。この崔載瑞の嘆きのような記述からは、植民地であるゆえに受けている疎外感や屈辱感が垣間見られる。しかし、崔載瑞は直ちに「然し我々は日本の鏡としていつでもしっかりしなくてはならない」と決意することでそのことを誤魔化してしまう。また、崔載瑞は書いている。

よく内地は朝鮮を認識しないと云う。又内地はちっとも朝鮮を構ってくれないと云う。そういうこともあるかも知れない。然し日本はもや朝鮮を特殊扱いしていられない程大になったと云うのが眞相だと云うことをこの際はっきり認識しておかなくてはならない。［一四〇頁］

「そういうこともあるかも知れない」。ここでも崔載瑞は、自身もまた抱きはじめている「朝鮮を構ってくれない」日本に対する疑念を、「然し日本はもや朝鮮を特殊扱いしていられない程大になった」という自身の信念にもとづいた大東亜認識によってかき消してしまう。この二つの記述における崔載瑞の嘆きを見ても明らかなように、崔載瑞は大東亜文学者会議に参加し、大東亜戦争の完遂と皇国文化の宣揚に邁進する決意を新たにしながらも、その揺らぎを隠せない。しかし、皮肉にも崔載瑞は、朝鮮を含有する日本が中心となるべき大東亜共栄圏に対して疑いが生じれば生じるほど、その理念である「八紘一宇」にもとづいたさまざまな言い訳を用意しては誤魔化してゆく。そうして、崔載瑞は、強迫的に大東亜共栄圏を信じ、その理念を研ぎ澄ますようにして過剰に語ってゆく。

第二回大東亜文学者大会に出席した横光と崔載瑞の言動は狂信的なナショナリズムとして同じかもしれないが、植民地朝鮮の参加者である崔載瑞には何重もの屈折と、横光にはない切迫感がある。それはまさしく、帝国日本と植民地朝鮮における転向の論理の非対称性として捉えられるべきものである。つまり、ナショナリストに変貌したところで横光は何も捨てていない。逆に、ナショナリズムや日本人としての自己同一性を肥大化させているだけである。一方で、内鮮一体のもと大東亜戦争の完遂と皇国文化の宣揚に邁進することで、朝鮮人としての自己同一性を捨て去っている崔載瑞には、もはや、大東亜共栄圏しか、日本しか、帰るべき場所はないのだ。それゆえに、崔載瑞は強迫的に大東亜共栄圏を信じ、その理念を過剰なまでに語ってゆく。しかし、それは同時に、崔載瑞における徹底的な自己植民地化を意味していたし、人間としての破壊をもたらした。*8

非対称性によって支えられた帝国と植民地の共犯関係に守られながら、「徴兵の実施」を「慶ばしい」と言い切ってしまう横光には、崔載瑞の嘆きは聞こえなかっただろう。横光はまた、「雄々しい」雰囲気とは裏腹に、さまざまな嘆きが空気として漂っている大東亜文学者大会の会場の微妙な空気を読むことはできなかっただろう。横光は主観的にはアジアが見えていたし、アジアへと自身の想いが届いていると信じていたはずである。その信念を支えているのが、まさにここで見た横光と崔載瑞をはじめとする第二回大東亜文学者大会の参加者たちとの共犯関係なのである。

ドン・キホーテとサンチョ・パンサ。横光と崔載瑞の立場の非対称性にもとづいて言えば、所信表明演説を行う横光の信念を支えている関係をそのように喩えることができよう。大東亜共栄圏の理念を信じて疑わない横光利一と、横光に代表される帝国日本の信念と共に歩む崔載瑞。崔載瑞は自身の嘆きを通じて、大東亜共栄圏をパロディ化するようにしてその虚妄を暴露してしまう。しかし同時に、崔載瑞は大東亜共栄圏に対する疑念をむしろ過剰な信念に転化する形で大東亜戦争の完遂と皇国文化の宣揚に邁進する。そうして、横光の信念は揺らぐことなく、崔載瑞をはじめとするアジア作家の存在によってむしろ補強されてゆくことになるのだ。このドン・キホーテとサンチョ・パンサのごとき共犯関係こそが、戦時期、大東亜戦争の完遂と皇国文化の宣揚に邁進した植民地帝国日本の作家たちの在り方を規定していた言説構造であり、『国民文学』はまぎれもなくその構造の中にいた。

おわりに

植民地朝鮮の『国民文学』は、かつての帝国日本の国民化・皇民化の暴力、そのグロテスクさを映し出す鏡だ。それは日本人にとっても、また朝鮮人（韓国人）にとっても直視したくない歴史的事実であるのかもしれない。だが、過去を克服しないことでもたらされてしまう未来がある。負の歴史は繰り返される。

もっとも、今では、『国民文学』がかつてのように朝鮮人（韓国人）を国民化・皇民化することはない。しかし、他者への暴力を顧みず、過去を克服しなかったことで、その暴力は自らの内側に跳ね返ってくる。他者への暴力を見過ごす度に暴力に対する人々の感覚は麻痺し、すると、いずれその暴力が自国の社会でまかり通るようになってしまい、社会は内側から壊れるのだ。植民地支配責任や戦争責任を誠実に果たしてこなかっただけ、戦後日本の社会は壊れ続けてきたし、自壊は今もなお終わっていない。

『国民文学』の時代の国民化・皇民化の暴力は、戦後日本のアメリカナイゼーションに通じている。過剰なまでの親米・対米協力。アメリカへの自発的隷従は、安倍政権に至り、いよいよ最終段階に入ったようだ。集団的自衛権を行使してアメリカの戦争に追随しようとしたり、文科省が「スーパーグローバル」なるスローガンを掲げながら日本の大学教育をアメリカ英語化する昨今の流れは、まるで『国民文学』の時代の植民地朝鮮ではないか。レイシズムとファシズムが横行している現在は戦中の日本を彷彿とさせるし、過労死という日本語から〝karoshi〟という英語が生まれてしまっている現状や「中国人技能実習生」の問題の裏に私は朝鮮人強制連行の影を見る。また、『ブラックボックス』（文藝春秋、二〇一七年）の著者である伊藤詩織さんの勇気あるカミングアウト（二〇一七年五月二九日の司法記者クラブでの記者会見）に「従軍慰安婦」だった故・金学順さんのそれを重ねて見てしまうのは私だけだろうか。

過去と向き合うべきタイミングで、その都度、過去と真摯に向き合っていれば、この国の民度や人権意識、民主主義はこれほどまでに退行せず、成熟化していたはずだ。過去を清算するチャンスを逸し、過去を克服しなかったことで、この国はますます自壊している。国家としての体は成しているが、もはや死に体、その中身は深刻なまでに荒廃している。戦中としての今日。この危機的状況下で、安倍政権や彼らを選んだ多数国民の歴史認識の如何を問い直すために『国民文学』の歴史を検証すること。私は本書に込められた著者の意図に強く共感する。

来年（二〇一九年五月一日）、天皇が代わる。よりソフトでカジュアルな「皇民化」が始まる。そうして、天皇制が継続する。天皇ないし天皇制に異を唱えない、天皇制の歴史を顧みない、反対すると非国民扱い、それが今の日本人だ。現在、天皇制の歴史（とりわけ裕仁の戦争責任）と一番向き合っているのは、他でもない天皇明仁だろう。しかし、彼の使命感は何よりも天皇制そのものの存続にあるのだから、天皇制が日本の民主主義の成熟化を妨げていることには考えが及ばないだろう。

私は日本の民主主義の成熟化を望む。人々が自分たちの（奪われた）権利を主張し合い、民が主役であるという自覚をもって、受動的にではなくもっと能動的に歴史や政治について自由に語り合うようになってほしい。他律的にではなく自律的に行動するようになってほしい。日本人よ、国家主義・天皇制の殻を破れ。おまえ一人で、全世界と対峙しろ。私はそう叫びたい。国家のために国民があるのではなく、国民のために国家はあるのだから。敗戦後、国民はもはや皇民ではないのだから。そして、私たちは国民・皇民である前にひとりの人なのだから。

今、日本の国民化・皇民化の在り方について真摯に議論する時だ。『国民文学』をめぐる戦中・戦後の歴史を検証する本書は、そのひとつの契機となるだろう。『国民文学』は、私たちが克服するべき過去であり、同時に、私たちが回避するべき未来として眼前に控え続けている。

＊注

（1）宮田節子「『内鮮一体』の構造」（同『朝鮮民衆と「皇民化」政策』、未来社、一九八五年）、一四八〜一五〇頁を参照した。

（2）朝鮮の代表的な古典小説で、一八世紀頃（李朝末期）の作品と推定される。作者未詳。唱劇（歌劇の一種）としても有名で、広く愛唱されている。一九三八年三月、新協劇団による『春香伝』（張赫宙脚色、村山知義演出）が築地小劇場で上演されて大成功し、朝鮮ブームのきっかけとなった。

（3）横光は、『国民文学』（第三巻第三号、人文社、一九四三年三月）に掲載された座談会「新半島文学への要望」に菊池寛や河上徹太郎らと共に参加している。

（4）横光利一「朝鮮のこと」、『定本　横光利一全集』第一四巻、河出書房新社、一九八二年、二七六頁。

（5）南次郎「国民精神総動員朝鮮連盟役員総会席上総督挨拶」（一九三九年五月三〇日）、『朝鮮に於ける国民精神総動員』、朝鮮総督府、一九四〇年、一〇三頁。

（6）横光利一、前掲書（4）、二七六〜二七七頁。

（7）この横光の「所信表明演説」は、「未発表遺稿第二回大東亜文学者大会挨拶草稿（仮題）」として、井上謙『横光利一――評伝と研究』（おうふう、一九九四年一一月）に紹介されている。

（8）田中英光は、自身も参加した朝鮮文人協会を題材にした小説『酔いどれ船』（一九四九年）で、内鮮一体に「内鮮の無差別平等」の期待をかけながらも裏切られた者の苦しみを、崔載瑞をモデルにした崔健栄という主人公を通して描いている。崔健栄（崔載瑞）は、酒を飲めば「泣くがごとく怒号し」ながら、朝鮮文人協会の指導的メンバーの一人である唐島博士（京城帝大教授辛島驍）らに手当たり次第に皿などを投げつける。姜在彦『日本による朝鮮支配の四〇年』（朝日文庫、一九九二年）、一六〇〜一六一頁を参照。

＊崔真碩（ちぇ・じんそく）…一九七三年生まれ。広島大学大学院総合科学研究科准教授。専門は朝鮮文学、ポストコロニアル論、東洋平和論。主著：『朝鮮人はあなたに呼びかけている』（彩流社）、『李箱作品集成』（作品社）他。

あとがきにかえて

まだまだ分析不足だが、一応田中英光を軸に据えて『国民文学』を読んできた。侵略の始まりである韓国併合以前の朝鮮王朝はどんな国だったのだろうか。併合によって日本統治下におかれるようになって朝鮮（韓国）人民の苦難の道程が始まった。植民地時代は創氏改名制度下で日本名に変えさせられ、「国語」は日本語のことで、日本の天皇の「赤子」として戦場に赴き、戦死を名誉と本気に思う人間を作ったのだ。

私は戦争の出来る国に向かって「一強独裁」の強権さでスピードアップさせている現在の自分の国を好きになれない。民主主義を地に堕とす「一強」政府にしてしまったのは国民だが、なぜ国民は「一強」を選んでしまったのか、私にはどうしても理解できない。

先頃、世界の耳目を集めて米朝首脳会談が本当に実現した。両首脳とも問題の多い人物なのですんなりと朝鮮半島の完全な非核化に進むかどうか心許ない。確固不動の意志確認成立ならば、朝米関係の樹立によって朝鮮戦争は終結に向かい、朝鮮半島と世界の平和と繁栄に寄与する大成果といえるだろう。その方向への大股な一歩だったのならば、安倍政権は北朝鮮への敵視を煽るかのように防空訓練まで実施させ、借金地獄に陥りながら米国のいいなりに巨額の兵器を買う必要などないだろう。

それにしてもヘイトスピーチは目に余る。先頃問題になった、あるサークルの女性が詠んだ「梅雨空に『九条守れ』の女性デモ」が「公平・中立の立場から掲載は好ましくない」と公民館の月報に不掲載となったのを東京高裁は「違憲」としなかった。女性は勝訴したものの、これはおかしい。「九条」は世界に誇れる宝であり、私は九条を象徴とする護憲運動の組織に発起人として名を連ね、時間の許す限りこの種のデモにも参加している。「九条守れ」の不掲載が「公平・中立の立場」から違憲ではないとの判定には呆れたが、長野県が県民の意見を載せる公式サイトの「県民ホットライン」に在日韓国人たちを「ならず者」「日本国に寄生する寄生虫」と表現し、韓国との交流費をヘリの整備や訓練に廻せという投稿を、県は「貴重なご意見に感謝」と回答し、内閣府も「国政モニター」のサイトに「在日、帰化人の強制退去が必要」「在日韓国人はたたき出せ」の意見を「国民からの意見は尊重すべき」（政府広報室）と掲載した（二〇一八年五月九日、『東京新聞』）という。このような判決を下した県や政府こそ、憲法違反ではないか。ネット上での匿名のヘイトスピーチは後を絶たないという。

在日の外国人の国籍は韓国・朝鮮に限らず多種多様なのになぜ韓国・朝鮮の人たちがターゲットにされるのだろうか。日本帝国主義下で侵略の度合いが最も高く、どれほどあの国をあの国の人たちを苦しめて人生をめちゃくちゃにしてしまったか、見える形でよくよく反省し、謝罪し、補償すべきなのに。何か言うと「拉致」「拉致」と跳ね返ってくる。乗松聡子の、「拉致」されたのは日本人だけではない、日本人より韓国人の方が多く「拉致」されているし、朝鮮側の人たちも欺されて脱北させられてもいる。朝鮮半島の人々から見たら「拉致」という言葉は、植民地時代の強制徴用、日本軍慰安婦の歴史と直結している。拉致問題は、植民地支配に対する真摯な謝罪と補償という「過去の清算」なしには解決は難しいという説（一八年五月二日、『琉球新報』）に私は共鳴する。テレビ等を通してみる「拉致」された人のご家族たちの苦悩は察するに余りあるが、植民地支配や分断への責任を誠実に検証、反省して償うのが先決で、それをなしえて許しを得たとき、この問題は解決すると思う。

『国民文学』によって植民地支配の酷烈な実態を知った私は、「負」の歴史検証の必要を痛感し、まず旧満洲の平房に三度行き、七三一部隊の人間業とは思えない残虐ぶりを知った。しかもその張本人は米国と取引きをして戦犯を免責されているばかりか、部下たちを残して敗戦直前に帰国し、持ち帰った生体解剖のデータによって東大や慶應大学から学位を得て、悠々の余生を送っているのだ。ドイツの徹底追及とは違い過ぎる。今からでも、彼らの罪状を徹底追求して、博士号は剥奪をすべきだろう。生体解剖された犠牲者のご遺族に、日本政府は謝罪、賠償をしたのだろうか。責任をとったのだろうか。

旧樺太にも行ってきた。旧真岡（ホルムスク）にはいまだに奉安殿が複数、風雨に曝されながらも建っていて、神社の鳥居の礎石や手水鉢、狛犬なども残っていたのには身が竦《すく》んだ。当事は現地の人を強制的に徴用して労働させただろうと想像されるが、王子製紙の巨大な工場が七〇余年の歳月に曝されながらも何カ所にも残されていたのには愕然とさせられた。

世界に誇れる平和憲法を持つ国の首相が、帝国憲法・教育勅語への回帰を目指す「日本会議」のトップメンバーの一人で、〈戦争法案〉を数の力で強行採決している恐怖の現実は、撤去せずに残している奉安殿その他に息を吹き込み蘇生させようとしているのだろうか。まだすべての国民が「健康で文化的な最低限度の生活を営」むには程遠い現状にあって、憲法が保障した平和な生活の達成に向けて努力することこそが今の日本・日本人に求められていることなのだ。戦争、侵略の実態を『国民文学』が教えてくれるだろう。

最後になったが、厳しい出版状況にあって、面白おかしくもないが問題の重要性から本書の刊行をお引き受けくださった彩流社さん、わけても優しいご配慮を頂いた出口綾子さん、また、解説を快くお引き受けくださった崔真碩さんに記してお礼もうしあげます。

二〇一八年六月

渡邊澄子

◎著者プロフィール

渡邊澄子（わたなべ・すみこ）

大東文化大学名誉教授。文芸評論家。東京・新宿区生まれ。日本女子大学文学部国文科卒。同大大学院修士課程修了。専門は夏目漱石、および野上弥生子など日本の近代女性文学。

主著：『野上弥生子研究』（八木書店、1969）、『女々しい漱石、雄々しい鴎外』（世界思想社、1996）、『日本近代女性文学論』（世界思想社、1998）、『青鞜の女・尾竹紅吉伝』（不二出版、2001）、（『気骨の作家 松田解子 百年の軌跡』（秋田魁新報社、2014）、『男漱石を女が読む』（世界思想社、2013）、『野上彌生子 人と文学』（勉誠出版、2007）、『林京子――人と文学』（勉誠出版、2009）、『負けない女の生き方』（博文館新社、2014）、『明治の名著』（小田切 秀雄との共編、自由国民社、2009）、『與謝野晶子』（新典社、1998）ほか多数。

植民地《しょくみんち》・朝鮮《ちょうせん》における雑誌《ざっし》『国民文学《こくみんぶんがく》』

2018年8月15日　初版第一刷

編著者　渡邊澄子 ©2018

発行者　竹内淳夫

発行所　株式会社 彩流社

〒102-0071 東京都千代田区富士見2-2-2
電話　03-3234-5931
FAX　03-3234-5932
http://www.sairyusha.co.jp/

編集　出口綾子

装丁　ナカグログラフ（黒瀬章夫）

印刷　モリモト印刷株式会社

製本　株式会社難波製本

Printed in Japan　ISBN978-4-7791-2514-0 C0095